# PREPPER'S ESTOQUE DE SOBREVIVÊNCIA GUIA

**O guia completo para construir um suprimento de emergência, estocar suprimentos essenciais e permanecer seguro em situações de crise**

### ERNEST TWAINFORD

# ÍNDICE

Página de direitos autorais...................................................... 6
PREFÁCIO.............................................................................. 7
CAPÍTULO 1........................................................................ 13
INTRODUÇÃO..................................................................... 13
    Compreendendo a preparação: uma filosofia de resiliência 13
    Avaliando riscos pessoais: navegando no cenário da autopreparação.................................................................. 16
    Importância do planejamento de emergência: navegando nas águas desconhecidas da incerteza............................ 21
CAPÍTULO 2........................................................................ 27
CONSTRUINDO UMA MENTALIDADE DE PREPPER: NUTRIANDO A FORÇA DE DENTRO........................... 27
    Preparação Mental: O Pilar da Prontidão...................... 27
    Desenvolvendo uma mentalidade de sobrevivência: prosperando em meio ao cadinho da vida..................... 32
    Resiliência psicológica: recuperando-se com mais força 38
CAPÍTULO 3........................................................................ 43
CRIANDO UM PLANO DE EMERGÊNCIA ABRANGENTE.................................................................... 43
    Identificando ameaças potenciais: iluminando as sombras. 43
    Estratégias de Evacuação: Navegando pelos Caminhos para a Segurança............................................................ 48
    Estabelecendo protocolos de comunicação: conectando-se em meio ao caos............................................................. 52
CAPÍTULO 4........................................................................ 57
ESSENCIAIS DE ESTOCAGEM........................................ 57
    Água: Obtenção, Purificação e Armazenamento: Nutrindo

a Fonte da Vida...................................................................57

Alimentos: armazenamento e nutrição a longo prazo..... 64

Abrigo: protegendo sua casa e opções alternativas......... 69

## CAPÍTULO 5.............................................................................75
## ENGRENAGENS E EQUIPAMENTOS ESSENCIAIS - FERRAMENTAS PARA RESILIÊNCIA.......................... 75

Kits de sobrevivência: construção e personalização........76

Ferramentas para autossuficiência: criando resiliência na palma de suas mãos........................................................ 80

Roupas e equipamentos de proteção individual: a armadura externa da resiliência...................................... 90

## CAPÍTULO 6.............................................................................95
## PREPARAÇÃO MÉDICA......................................................... 95

Noções básicas de primeiros socorros: a base da preparação médica............................................................ 95

Medicamentos e suprimentos médicos: construindo uma farmácia resiliente........................................................100

Criando um Plano de Emergência Médica: Navegando em Crises de Saúde com Precisão................................... 104

## CAPÍTULO 7.............................................................................111
## PREPARAÇÃO FINANCEIRA.............................................. 111

Estabelecendo um Fundo de Emergência...................... 111

Estratégias de troca e comércio: navegando no intercâmbio econômico....................................................119

Protegendo Ativos Financeiros: A Arte da Resiliência Econômica................................................................... 125

## CAPÍTULO 8.............................................................................133
## AUTODEFESA E SEGURANÇA........................................... 133

Medidas de segurança pessoal: a arte da conscientização e da preparação................................................................133

Armas de fogo e opções não letais: escolhas responsáveis para segurança pessoal..................................................137
Protegendo sua propriedade: a arte da fortificação....... 143
## CAPÍTULO 9..............................................................153
## PRÁTICAS DE VIDA SUSTENTÁVEIS: CULTIVAR A RESILIÊNCIA................................................................ 153
Soluções de energia fora da rede................................ 153
Captação e Conservação de Água.............................. 159
Cultivando sua própria comida: cultivando capacitação e resiliência...................................................................163
## CAPÍTULO 10............................................................167
## ENGAJAMENTO COMUNITÁRIO: TECENDO O TECIDO DA RESILIÊNCIA..............................................167
Construindo uma comunidade preparadora...................167
Medidas Colaborativas de Segurança: Unidade na Proteção................................................................... 170
Redes de Apoio Mútuo: Fortalecendo o Tecido Social. 175
## CAPÍTULO 11............................................................179
## TREINAMENTO E DESENVOLVIMENTO DE HABILIDADES................................................................179
Aptidão Física para Preparadores: Construindo uma Base Robusta.....................................................................179
Aprendendo habilidades de sobrevivência: sabedoria prática para preparação.................................................186
Exercícios regulares e exercícios de treinamento: Forjando a preparação por meio da repetição................191
## CAPÍTULO 12............................................................195
## NAVEGANDO EM SITUAÇÕES DE CRISE................195
Tomada de decisões em situações de alto estresse: o cadinho da liderança................................................. 195

Adaptando-se a desafios imprevistos: a dança da resiliência .................................................................. 199
Recuperação e reconstrução pós-crise: a ascensão da Fênix ................................................................................ 203

## Página de direitos autorais

@Ernest Twainford, 2024

Todos os direitos reservados

# PREFÁCIO

Nos recantos tranquilos das nossas vidas, onde a rotina muitas vezes nos embala numa sensação de segurança, uma verdade profunda persiste silenciosamente: o mundo é imprevisível. Emergências, crises e desafios imprevistos têm uma capacidade incrível de perturbar o conforto que tantas vezes consideramos garantido. É ao reconhecer esta incerteza inerente que surge o Guia de Estoque de Sobrevivência do Prepper – um companheiro abrangente para aqueles que procuram fortalecer-se contra o inesperado.

Este guia não é um apelo à paranóia, mas um convite à preparação, um manual para navegar nas paisagens incertas que a vida ocasionalmente nos impõe. Ao embarcarmos juntos nesta jornada, é essencial reconhecer que a preparação não significa sucumbir ao medo; pelo contrário, é uma expressão de resiliência, um compromisso de salvaguardar a nós mesmos e aos nossos entes queridos face ao desconhecido.

A jornada começa com uma exploração dos próprios fundamentos da preparação. Compreender as motivações por detrás de adoptar um estilo de vida preparador, avaliar os riscos pessoais e reconhecer a importância do planeamento de emergência prepara o terreno para a odisseia transformadora que se segue.

A preparação não se trata apenas de fornecimentos físicos; começa na mente. Este capítulo investiga as nuances da preparação mental, orientando os leitores a desenvolver uma mentalidade de sobrevivência e a cultivar a resiliência psicológica necessária para enfrentar os desafios que possam surgir.

Um plano de emergência eficaz é a pedra angular da preparação. Da identificação de ameaças potenciais ao estabelecimento de protocolos de comunicação, este capítulo fornece um roteiro para a elaboração de uma estratégia abrangente que garanta uma resposta calma e organizada quando ocorrer o inesperado.

Água, comida e abrigo são os pilares fundamentais da sobrevivência. Neste capítulo, exploramos as complexidades da obtenção, purificação e armazenamento de água; a arte do armazenamento e nutrição de alimentos a longo prazo; e garantir sua morada como um santuário em tempos de necessidade.

Equipe-se para a jornada que tem pela frente. Kits de sobrevivência, ferramentas para auto-suficiência e roupas adequadas são discutidos em detalhes, capacitando os leitores a montar um arsenal personalizado que se alinhe com suas necessidades e circunstâncias únicas.

Em momentos de crise, a preparação médica ocupa um lugar central. Desde noções básicas de primeiros socorros até à criação de um plano de emergência médica, este capítulo transmite o conhecimento necessário para enfrentar de frente os desafios relacionados com a saúde, promovendo a confiança na capacidade de prestar cuidados essenciais.

Num mundo onde a estabilidade pode ser tão ilusória como uma brisa passageira, estabelecer a preparação financeira é fundamental. Este capítulo orienta os leitores na criação de fundos de emergência, na compreensão das estratégias de troca e comércio e na salvaguarda dos ativos financeiros contra as tempestades da incerteza.

Em tempos de crise, a segurança pessoal torna-se uma consideração crucial. Este capítulo se aprofunda nas medidas de segurança pessoal, explora armas de fogo e opções não letais e fornece informações sobre como proteger você e sua propriedade.

Adotar práticas de vida sustentáveis não é apenas um ato de resiliência, mas também um compromisso com a autossuficiência a longo prazo. Desde soluções de energia fora da rede até à recolha e conservação de água e ao cultivo dos seus próprios alimentos, este capítulo estabelece as bases para um estilo de vida autossustentável.

A preparação não é uma tarefa solitária; prospera nos laços da comunidade. Este capítulo explora a importância da construção de uma comunidade de preparação, de medidas de segurança colaborativas e do estabelecimento de redes de apoio mútuo que fortaleçam o tecido coletivo de preparação.

A aptidão física, as habilidades de sobrevivência e os exercícios regulares constituem a base da prontidão. Este capítulo enfatiza a importância de manter o melhor condicionamento físico, adquirir habilidades essenciais de sobrevivência e participar de treinos e exercícios regulares para aprimorar a perspicácia de preparação.

O capítulo final serve de bússola para navegar nas águas turbulentas das situações de crise. A tomada de decisões em ambientes de alto estresse, a adaptação a desafios imprevistos e o processo de recuperação e reconstrução pós-crise são explorados, orientando os leitores para uma abordagem resiliente e adaptativa às incertezas da vida.

Ao embarcarmos nesta odisseia de preparação, que seja com um espírito de capacitação e não com medo. O Guia de Estoque de Sobrevivência do Prepper é mais do que um manual; é um companheiro de viagem, um farol de luz na escuridão da incerteza. Que lhe capacite a enfrentar o desconhecido com confiança, resiliência e a crença inabalável de que a preparação não é apenas uma resposta à adversidade, mas uma celebração da vontade indomável do espírito humano de prosperar.

# CAPÍTULO 1

# INTRODUÇÃO

Na tapeçaria da vida, a incerteza é a única constante. O mundo em que navegamos está repleto de desafios imprevistos e, face a esta imprevisibilidade, a importância da preparação não pode ser exagerada. O Capítulo 1 do "Guia de Estoque de Sobrevivência do Prepper" serve como porta de entrada para uma jornada transformadora – uma jornada que transcende o medo e o transforma em uma poderosa força de resiliência.

## Compreendendo a preparação: uma filosofia de resiliência

Embarcar na jornada da preparação é o mesmo que entrar no desconhecido com passos decididos – um reconhecimento de que a vida, em todos os seus meandros, segue um roteiro escrito na imprevisível tela da existência. A compreensão da preparação transcende a mera acumulação de suprimentos ou a construção de bunkers; é uma mentalidade profunda, um modo de vida que o convida a reconhecer a fragilidade das rotinas e a abraçar a responsabilidade da prontidão.

Na sua essência, a preparação não é uma postura reacionária; é um esforço consciente e proativo para se preparar para o inesperado. É o reconhecimento de que os desafios são uma parte inerente da experiência humana e, embora você possa não controlar as circunstâncias que se desenrolam, você exerce uma influência significativa sobre a sua resposta a eles. Este capítulo serve como uma porta de entrada para os fundamentos filosóficos da preparação, convidando-o a mudar o seu papel de mero espectador para um participante ativo no desenrolar da narrativa da sua vida.

O cerne da compreensão da preparação reside na adoção de uma abordagem holística da vida. Ele transcende a noção de preparação para ameaças específicas e isoladas e convida você a cultivar uma mentalidade que prospera em meio à incerteza. Esta mentalidade é resiliente, baseada na capacidade de avaliar riscos com clareza, tomar decisões informadas com propósito e adaptar-se à fluidez das circunstâncias em mudança com graça e resiliência.

A preparação, como este capítulo elucida, existe num espectro que abrange desde as nuances subtis da prontidão quotidiana até aos cenários extremos que cativam a nossa imaginação colectiva. Trata-se de estar preparado para as pequenas perturbações que podem perturbar a rotina, tais como cortes de energia ou engarrafamentos, tanto quanto se trata de se fortalecer para os choques sísmicos de grandes eventos – desastres naturais ou crises económicas. Este capítulo convida a encarar a preparação não como uma solução única, mas como uma ferramenta versátil aplicável em várias facetas da vida.

Em essência, compreender a preparação é um convite à adoção de uma mentalidade que ecoe a resiliência da própria natureza. Assim como uma árvore que se curva, mas não quebra diante de uma tempestade, cultivar uma mentalidade de preparação permite navegar pelas incertezas da vida com flexibilidade e força. É um reconhecimento de que, no fluxo e refluxo da existência, a sua preparação é um farol que ilumina o caminho para a resiliência, guiando-o através do imprevisto com propósito e coragem.

Ao absorver a sabedoria contida neste capítulo, visualize-se não como um observador passivo do desenrolar dos acontecimentos da vida, mas como um participante ativo, um administrador de seu próprio destino. A tela da imprevisibilidade aguarda a sua pincelada, e a compreensão da preparação fornece a paleta de cores para pintar um futuro resiliente e poderoso.

## Avaliando riscos pessoais: navegando no cenário da autopreparação

Na profunda jornada de preparação, talvez o passo mais transformador seja a exploração deliberada e introspectiva da paisagem individual de cada um. É aqui que se desenvolve a arte de avaliar riscos pessoais – um processo que transcende o superficial e se aprofunda nas complexidades da sua existência única. Longe de ser um exercício pessimista, é uma odisseia pragmática que exige um confronto claro com as vulnerabilidades e os pontos fortes.

Na sua essência, avaliar os riscos pessoais é um reconhecimento de que cada vida é uma tapeçaria tecida com fios distintos de experiências, desafios e triunfos. Este capítulo convida você a embarcar em uma jornada de autodescoberta, a percorrer as paisagens de seu estilo de vida, localização geográfica, estado de saúde e a intrincada rede de fatores sociais que moldam sua realidade.

**Compreendendo o Eu Multifacetado**

A tela da avaliação de risco pessoal é ampla, abrangendo não apenas os aspectos tangíveis da sua vida, mas também as dimensões intangíveis que definem a sua experiência humana. Começa com um exame holístico do seu estilo de vida, desvendando os padrões que regem a sua existência diária. Você está situado em um ambiente urbano movimentado ou em um ambiente rural tranquilo? A sua rotina diária envolve viagens extensas ou a estabilidade de um local fixo?

As considerações geográficas vão além do ambiente físico e abrangem os riscos climáticos e de desastres naturais. Compreender os desafios únicos colocados pela sua localização estabelece a base para estratégias de preparação personalizadas. Para alguém que se encontra numa zona propensa a terramotos, a fortificação contra vulnerabilidades estruturais pode ser fundamental, enquanto aqueles que vivem em regiões propensas a fenómenos meteorológicos extremos podem concentrar-se em garantir abrigo e provisões.

**A saúde como pedra angular da preparação**
Sua saúde é um elemento fundamental no intrincado mecanismo do bem-estar pessoal. Este capítulo propõe uma exploração abrangente do seu estado de saúde, reconhecendo-o não apenas como uma realidade presente, mas também como um elemento dinâmico sujeito a mudanças. Uma auto-auditoria completa da sua condição física, histórico médico e vulnerabilidades

potenciais torna-se a pedra angular da preparação focada na saúde.

As considerações vão além do domínio físico imediato para abranger o bem-estar mental e emocional. Compreender as dimensões psicológicas dos riscos pessoais envolve reconhecer estressores, ansiedades e potenciais gatilhos emocionais. Elaborar um plano que inclua estratégias para manter a resiliência mental em meio aos desafios é tão crucial quanto armazenar suprimentos físicos.

**Fatores Sociais: Tecendo o Tecido Social em Preparação**

A tapeçaria social na qual você está inserido introduz outra camada de complexidade no processo de avaliação de risco pessoal. Relacionamentos, dinâmicas comunitárias e fatores culturais desempenham um papel na formação do seu cenário de preparação. O reconhecimento da interligação destes elementos leva a uma exploração de como o seu contexto social pode ser uma fonte de apoio ou introduzir desafios adicionais em tempos de crise.

As considerações estendem-se à dinâmica das responsabilidades de prestação de cuidados, à dependência dos recursos comunitários e ao potencial para esforços colaborativos de preparação. Este capítulo incentiva você a ver os fatores sociais não como componentes isolados, mas como fios intrinsecamente entrelaçados na estrutura da sua vida.

**A Natureza Dinâmica da Preparação: Uma Sinfonia de Adaptabilidade**

A vida é dinâmica, um constante fluxo e refluxo de circunstâncias. Reconhecer a natureza dinâmica da avaliação de riscos pessoais torna-se um aspecto vital da sua jornada de preparação. Este capítulo enfatiza que o processo de avaliação não é um esforço único, mas um diálogo contínuo com os ritmos de vida em constante mudança.

Avaliações regulares tornam-se a bússola que orienta seus planos de preparação. À medida que as circunstâncias mudam – seja através de acontecimentos da vida, mudanças ambientais ou crescimento pessoal – as suas estratégias de preparação devem evoluir em conformidade. Esta adaptabilidade não é uma concessão à incerteza, mas uma postura proativa que garante que a sua preparação permaneça resiliente e relevante.

A exploração dos riscos pessoais é uma viagem ao cerne da autopreparação. Ele transcende os aspectos tangíveis de suprimentos e abrigos, alcançando as profundezas do seu estilo de vida, saúde e conexões sociais. É uma dança íntima com o eu multifacetado, um diálogo que se desenrola no momento presente e ressoa no futuro dinâmico. Ao navegar neste cenário, munido de autoconsciência e adaptabilidade, você estabelece as bases para uma jornada de preparação que não é apenas robusta, mas transformadora.

## Importância do planejamento de emergência: navegando nas águas desconhecidas da incerteza

A pulsação da preparação ressoa na cadência rítmica do planeamento de emergência – uma sinfonia de previsão, organização e prontidão que se torna a pedra angular da resiliência face à imprevisibilidade. Nesta seção crucial, embarcamos em uma jornada pelo profundo significado de cultivar um plano de emergência bem elaborado – uma bússola que nos guia através das águas tumultuadas de eventos inesperados.

Na sua essência, o planeamento de emergência não é um exercício teórico confinado às páginas de um manual; pelo contrário, é um roteiro dinâmico e prático, meticulosamente concebido para navegar no caos que circunstâncias imprevistas podem desencadear. Ele transcende o reino dos conceitos abstratos, tornando-se um ativo tangível e inestimável que permite que você responda de forma decisiva quando o mundo enfrenta obstáculos imprevisíveis.

A filosofia central do planeamento de emergência reside no cultivo de uma abordagem estruturada e organizada para potenciais crises. Trata-se de antecipar o imprevisível, prever vários cenários que podem ocorrer e formular um plano de resposta passo a passo que sirva como um farol de clareza em meio à incerteza. À medida que nos aprofundamos nos elementos de um planeamento de emergência eficaz, torna-se evidente que esta não é uma medida reaccionária, mas uma estratégia proactiva – uma decisão consciente para assumir o controlo do nosso destino.

Uma faceta fundamental sublinhada nesta exploração é a necessidade imperiosa de um plano de emergência personalizado. Embora as diretrizes gerais existam como princípios fundamentais, o guia incentiva você a embarcar em uma jornada de autodescoberta e consideração. Suas circunstâncias são exclusivamente suas, moldadas por fatores como necessidades individuais, dinâmica familiar e localização geográfica. Elaborar um plano que ressoe com as complexidades da sua vida garante que, quando a crise bater à sua porta, a sua resposta não seja apenas eficiente, mas profundamente adaptada às suas necessidades específicas.

Crucialmente, a importância do planeamento de emergência estende-se para além dos limites dos esforços individuais. É um empreendimento comunitário que abrange familiares, amigos e a rede comunitária mais ampla. Este capítulo enfatiza a interconexão de nossas vidas e a importância do planejamento colaborativo. Uma resposta bem coordenada, enraizada num sentido partilhado de responsabilidade e apoio, surge como uma força formidável em tempos de crise. Juntos, tornamo-nos mais fortes do que a soma das nossas capacidades individuais.

Além disso, a natureza dinâmica do planeamento de emergência é um tema que ressoa ao longo desta exploração. É uma entidade viva que respira e evolui com a mudança das circunstâncias. Flexibilidade e adaptabilidade não são apenas recomendadas, mas são componentes integrantes de um plano eficaz. As circunstâncias podem mudar inesperadamente, novas informações podem surgir e o plano deve possuir agilidade para acomodar essas mudanças. Longe de ser um sinal de fraqueza, esta adaptabilidade é uma prova da força do plano, garantindo a sua relevância e robustez no cenário em constante mudança das nossas vidas.

Este capítulo serve como abertura para uma exploração profunda do cerne da preparação. À medida que a compreensão da preparação evolui para uma filosofia orientadora e a avaliação dos riscos pessoais se torna uma jornada de autoconsciência, a importância do planeamento de emergência emerge como o eixo da prontidão. É mais que uma estratégia; é uma prova da nossa resiliência colectiva face à incerteza. Ao avançar nos capítulos subsequentes, você carrega consigo a sabedoria fundamental transmitida nesta introdução — uma sabedoria que ilumina o caminho para um futuro resiliente, fortalecido e preparado.

# CAPÍTULO 2

# CONSTRUINDO UMA MENTALIDADE DE PREPPER: NUTRIANDO A FORÇA DE DENTRO

No domínio da preparação, a base não é lançada com concreto ou aço, mas com os elementos intangíveis, porém formidáveis, da mente. O Capítulo 2, "Construindo uma mentalidade de preparador", se apresenta como um guia não apenas para sobreviver, mas também para prosperar diante da incerteza. Este capítulo serve como uma exploração dos meandros da preparação mental, do cultivo de uma mentalidade de sobrevivência e do desenvolvimento da resiliência psicológica – uma trindade que fortalece os indivíduos contra a natureza imprevisível dos desafios da vida.

**Preparação Mental: O Pilar da Prontidão**

No labirinto da incerteza, onde o inesperado é a única constante, a preparação mental emerge como a base sobre a qual se baseia a mentalidade do preparador. Transcende o domínio dos conceitos teóricos, tornando-se um estado de espírito proativo que navega pelas complexidades de um mundo onde o caos pode se desenrolar inesperadamente. Esta exploração da preparação mental revela a sua natureza multifacetada, entrelaçando a fortaleza cognitiva e emocional, o compromisso de se manter informado, a aprendizagem contínua e o fio indispensável da inteligência emocional.

Na sua essência, a preparação mental é um compromisso consciente para fortalecer a sua mente contra o imprevisível. Num mundo onde os desafios podem surgir sem aviso prévio, possuir fortaleza cognitiva e emocional torna-se fundamental. Não se trata apenas de se preparar para o impacto, mas de antecipar proativamente os desafios, traçar estratégias de respostas e promover a adaptabilidade face à incerteza.

A primeira dimensão da preparação mental envolve manter-se informado e consciente sem sucumbir ao medo. Isto requer um equilíbrio delicado – estar vigilante sem sucumbir à paranóia. Trata-se de desenvolver a capacidade de processar a informação de forma objectiva, discernindo entre fontes credíveis e desinformação, e tomando decisões informadas com base numa compreensão profunda das circunstâncias. Este capítulo orienta você na arte do pensamento crítico, capacitando-o a analisar o ruído e extrair insights valiosos que formam a base para uma tomada de decisão sólida.

Uma pedra angular da preparação mental é o cultivo de uma mentalidade de aprendizagem contínua. Num mundo caracterizado por mudanças rápidas, manter-se a par das novas informações, dos avanços tecnológicos e das ameaças em evolução não é apenas vantajoso – é crucial. O capítulo incentiva um envolvimento proativo com o conhecimento, promovendo um senso de curiosidade que transcende o comum. É um apelo para abraçar a aprendizagem não como uma tarefa árdua, mas como uma ferramenta de capacitação, um processo dinâmico que o impulsiona para a vanguarda da compreensão e da preparação.

Além disso, a preparação mental interliga-se perfeitamente com a inteligência emocional – um aspecto vital muitas vezes subestimado no panorama da preparação. A capacidade de gerir emoções, lidar com o stress e manter a compostura em situações de alta pressão é essencial para uma mentalidade resiliente. Este capítulo serve como um guia para a regulação emocional, oferecendo estratégias práticas para aumentar a resiliência emocional e promover o bem-estar mental.

A exploração da inteligência emocional engloba estratégias de gestão do estresse. Ele investiga técnicas de atenção plena, práticas de meditação e métodos de relaxamento que se tornam não apenas ferramentas, mas aliados na jornada em direção ao bem-estar emocional. Ao navegar pelo labirinto de suas emoções, você descobre que a inteligência emocional não é uma característica estática, mas uma habilidade dinâmica que pode ser aprimorada e refinada ao longo do tempo.

Além do bem-estar individual, a inteligência emocional se estende à dinâmica interpessoal. A comunicação eficaz, a resolução de conflitos e a construção de relacionamentos positivos são exploradas como componentes integrais da preparação mental. À medida que se aprofunda nestas estratégias, descobre que a inteligência emocional não é apenas um trunfo pessoal – torna-se um catalisador para a construção de ligações fortes dentro de comunidades e redes.

Esta seção expõe as complexidades da preparação mental, revelando-a como o pilar da prontidão na mentalidade do preparador. É mais do que um conceito teórico; é um estado de espírito dinâmico que prospera diante da incerteza. Ao absorver a sabedoria contida nestas páginas, você embarca em uma jornada não apenas para fortalecer sua mente, mas também para desbloquear o poder transformador que a preparação mental contém - um poder que transcende os desafios do desconhecido e abre caminho para a resiliência, a adaptabilidade e uma compromisso inabalável com o crescimento contínuo.

## Desenvolvendo uma mentalidade de sobrevivência: prosperando em meio ao cadinho da vida

Para além do domínio da preparação mental, espera-se uma transformação profunda – uma metamorfose numa mentalidade de sobrevivência, uma tapeçaria psicológica que não só suporta a adversidade, mas também dança com ela, encarando os desafios não como ameaças, mas como portas de entrada para o crescimento pessoal. Nesta exploração, atravessamos as complexidades de uma mentalidade que não apenas sobrevive, mas também prospera no cadinho das incertezas da vida.

Desenvolver uma mentalidade de sobrevivência não é abraçar uma perspectiva apocalíptica; é uma escolha consciente perceber os desafios como oportunidades de transformação profunda. Transcende o mero acto de suportar dificuldades, evoluindo para uma perspectiva que procura activamente o crescimento, a capacitação e a resiliência face à adversidade.

Na sua essência, uma mentalidade de sobrevivência envolve uma mudança radical de perspetiva – da vitimização para o empoderamento. Os desafios não são mais barreiras intransponíveis, mas sim obstáculos a serem superados. Este capítulo investiga a psicologia da resiliência, desvendando os processos cognitivos que tecem a estrutura de uma mentalidade de sobrevivência. Torna-se uma viagem ao intrincado funcionamento da sua mente, iluminando o poder transformador do pensamento e da percepção.

Uma pedra angular da mentalidade de sobrevivência é a adaptabilidade – uma qualidade dinâmica que reflete a fluidez da vida. Num mundo inerentemente imprevisível, a capacidade de adaptação às circunstâncias em mudança torna-se uma marca registrada da fortaleza mental. O guia torna-se um companheiro na exploração da flexibilidade mental, incentivando você a abraçar a mudança, ajustar suas perspectivas e ver os desafios não como obstáculos estáticos, mas como oportunidades dinâmicas de crescimento.

Além disso, o desenvolvimento de uma mentalidade de sobrevivência envolve o aperfeiçoamento de competências de resolução de problemas – um conjunto de ferramentas cognitivas que equipa os indivíduos para navegar eficazmente no labirinto de desafios imprevistos. Este capítulo serve como campo de treinamento virtual, fornecendo exercícios práticos e cenários que estimulam o pensamento crítico e a tomada de decisões estratégicas. Torna-se um convite a cultivar atributos essenciais necessários num mundo onde muitas vezes são exigidas soluções rápidas e eficazes face a provações inesperadas.

A jornada para uma mentalidade de sobrevivência começa com uma exploração da resiliência – a base sobre a qual esta perspectiva transformadora é construída. A resiliência não é uma qualidade inata reservada a poucos selecionados; é uma habilidade que pode ser cultivada e refinada. Este capítulo torna-se um guia para a compreensão dos processos cognitivos que sublinham a resiliência, desvendando os segredos para se recuperar mais forte face à adversidade.

A reestruturação cognitiva torna-se um componente-chave desta jornada, convidando você a examinar e reformular padrões de pensamento negativos. Torna-se um exercício de mudança de uma mentalidade de limitação para uma de possibilidades, de ver os obstáculos como obstáculos para percebê-los como trampolins no seu caminho para a evolução pessoal.

Além disso, o capítulo navega pelo terreno da regulação emocional – uma habilidade crucial no cultivo de uma mentalidade de sobrevivência. A inteligência emocional torna-se a sua bússola, guiando-o através dos mares tempestuosos dos seus próprios sentimentos. Estratégias práticas são reveladas, capacitando você não apenas a enfrentar tempestades emocionais, mas também a emergir delas com nova força e clareza.

Um aspecto fundamental da mentalidade de sobrevivência é a escolha consciente de ver os desafios como oportunidades dinâmicas de crescimento. Este capítulo apresenta o conceito de "reenquadramento do desafio", incentivando você a transformar a adversidade em um catalisador para o desenvolvimento pessoal. Os desafios não são vistos como retrocessos, mas como pontos de referência na sua jornada em direção à resiliência, à autodescoberta e ao empoderamento.

A adaptabilidade, uma pedra angular da mentalidade de sobrevivência, é explorada em profundidade. O capítulo se torna um guia para abraçar a mudança, ajustar perspectivas e desenvolver uma mentalidade que prospere em situações fluidas. Torna-se uma exploração do poder da flexibilidade – uma característica que lhe permite não apenas suportar a mudança, mas também aproveitar o seu potencial para o crescimento pessoal e mental.

São reveladas estratégias práticas para construir adaptabilidade, que vão desde abraçar novas experiências até cultivar a curiosidade pelo desconhecido. O guia torna-se um companheiro na exploração de territórios desconhecidos, incentivando-o a sair das suas zonas de conforto e a descobrir o potencial transformador que reside na sua vontade de se adaptar.

As habilidades de resolução de problemas, essenciais no arsenal de uma mentalidade de sobrevivência, são aprimoradas por meio de exercícios práticos e cenários. Este capítulo se torna um campo de treinamento para o pensamento crítico, a tomada de decisões estratégicas e a resolução eficaz de problemas. Você está equipado com as ferramentas necessárias para navegar pelas reviravoltas inesperadas da vida com resiliência e desenvoltura.

Em essência, desenvolver uma mentalidade de sobrevivência torna-se uma jornada de profunda autodescoberta e capacitação. É um convite não apenas para suportar os desafios da vida, mas também para se envolver ativamente com eles, aproveitando a adversidade como um catalisador para o seu crescimento pessoal e mental. Ao embarcar nesta exploração transformadora, armado com a sabedoria transmitida neste capítulo, você carrega dentro de si as sementes da resiliência, da adaptabilidade e de uma mentalidade que não apenas sobrevive, mas também prospera em meio às provações da vida.

## Resiliência psicológica: recuperando-se com mais força

Na intrincada tapeçaria da mentalidade de um preparador, a resiliência psicológica surge como o fio condutor – a essência transformadora que não só permite aos indivíduos resistir às tempestades da adversidade, mas também os impulsiona a recuperar mais fortes. Esta seção desvenda a alquimia da mente, investigando os profundos processos de resiliência psicológica que elevam os desafios de obstáculos a catalisadores para o crescimento pessoal.

Na sua essência, a resiliência psicológica é uma capacidade dinâmica de resistir e recuperar da adversidade, uma dança com o fluxo e refluxo das incertezas da vida. Esta exploração transcende a mera sobrevivência; incorpora uma profunda jornada de autodescoberta, promovendo um profundo sentimento de força interior e tenacidade que vai além da superfície da resistência.

A seção se desdobra como um guia para os processos psicológicos que tecem a estrutura da resiliência. A reestruturação cognitiva torna-se uma pedra angular – um processo de reformulação de padrões de pensamento negativos e de cultivo de uma mentalidade que vê os reveses não como derrotas, mas como oportunidades de aprendizagem e crescimento. Esta transformação torna-se uma jornada de auto-capacitação, permitindo que os indivíduos vejam os desafios através das lentes das possibilidades.

Um elemento-chave na construção da resiliência psicológica é a autoconsciência. Compreender os meandros dos próprios pontos fortes, limitações e mecanismos de enfrentamento constitui a base da resiliência. Os exercícios reflexivos guiam você pelas profundezas da autodescoberta, promovendo um profundo sentimento de força interior que se torna uma âncora diante da adversidade. É uma viagem às profundezas da sua própria psique, desvendando camadas de autoconsciência que servem como reservatório de resiliência.

Nutrir um sistema de apoio forte torna-se uma faceta vital da construção de resiliência. A seção enfatiza a importância das conexões sociais, do envolvimento da comunidade e do cultivo de relacionamentos saudáveis. Estratégias para comunicação eficaz, resolução de conflitos e a arte de construir uma rede de apoio robusta são iluminadas, tornando-se pilares que proporcionam estabilidade e força em tempos desafiadores.

As práticas de atenção plena e de redução do estresse ocupam um lugar central no arsenal de ferramentas de construção de resiliência. Técnicas como a meditação mindfulness tornam-se portais para o bem-estar emocional, oferecendo um santuário para a mente no meio da turbulência da vida. O guia torna-se um companheiro na exploração destas práticas, fornecendo conhecimentos práticos sobre a sua aplicação e incentivando a integração da atenção plena na vida quotidiana como ferramenta para promover uma mentalidade resiliente.

Este capítulo serve como uma exploração profunda do domínio holístico da construção de uma mentalidade de preparador. A preparação mental, o desenvolvimento de uma mentalidade de sobrevivência e o cultivo da resiliência psicológica emergem como facetas interligadas de uma estrutura psicológica robusta. Ao embarcar na jornada para os capítulos subsequentes, armado com a sabedoria transmitida nesta exploração, você carrega dentro de você não apenas a força para navegar pelas incertezas da vida, mas a profunda resiliência para enfrentá-las com uma mentalidade que transcende a mera sobrevivência – ela prospera. .

# CAPÍTULO 3

# CRIANDO UM PLANO DE EMERGÊNCIA ABRANGENTE

Na intrincada dança entre a preparação e o caos, o Capítulo 3 revela-se como um guia para a elaboração de um plano de emergência abrangente – um modelo que transcende conceitos teóricos e transforma a preparação em passos tangíveis e práticos. Este capítulo navega no labirinto da prontidão, explorando as nuances da identificação de ameaças potenciais, da formulação de estratégias de evacuação e do estabelecimento de protocolos de comunicação – elementos que coletivamente se tornam os pilares da resiliência face a desafios imprevistos.

## Identificando ameaças potenciais: iluminando as sombras

No centro de qualquer plano de emergência resiliente reside uma consciência proativa – uma iluminação das sombras da incerteza. Esta seção embarca em uma jornada pela arte da identificação de ameaças, incentivando você a olhar além do horizonte imediato e discernir os sinais sutis que podem anunciar desafios iminentes. Esta exploração torna-se um esforço meticuloso, investigando as complexidades da identificação de ameaças potenciais com uma profundidade que vai além do mero reconhecimento até à compreensão estratégica.

O processo de identificação de ameaças potenciais é semelhante a dominar a arte de ver no escuro. Requer mais do que uma olhada superficial; exige uma abordagem deliberada e abrangente. O guia se torna sua bússola, conduzindo você através do labirinto de avaliação de riscos adaptado à sua localização geográfica, estilo de vida e circunstâncias individuais.

A amplitude das ameaças potenciais é vasta e multifacetada, abrangendo perigos naturais e provocados pelo homem. Dos tremores sísmicos dos terramotos à força implacável das inundações, da escuridão repentina dos cortes de energia aos tremores sociais da agitação civil – o espectro de ameaças potenciais é diverso e dinâmico. O guia não serve como alarmista, mas como conselheiro pragmático, ajudando você a navegar pelas complexidades dessa paisagem diversificada.

Esta secção defende uma compreensão holística das ameaças, transcendendo o sensacionalismo e o medo. Encoraja o desenvolvimento de um olhar perspicaz, capaz de distinguir entre riscos genuínos e receios especulativos. A exploração aprofunda-se na dinâmica da percepção de risco, oferecendo orientações sobre como encontrar o delicado equilíbrio entre vigilância e alarme desnecessário. Torna-se uma jornada psicológica, navegando pelos domínios do medo e da racionalidade para promover uma mentalidade alerta e pragmática.

Além disso, a identificação de ameaças potenciais estende-se muito além do domínio físico para abranger uma ampla gama de desafios. As ameaças cibernéticas espreitam nas sombras digitais, as incertezas económicas lançam as suas sombras sobre a estabilidade financeira e outros desafios matizados entrelaçam-se no tecido de potenciais emergências. O guia apresenta-se como um manual abrangente, que o leva a considerar a natureza interligada dos riscos e a cultivar uma mentalidade que antecipa o cenário multifacetado de potenciais crises.

À medida que você se aprofunda no processo de identificação de ameaças potenciais, o guia se torna um parceiro colaborativo no desenvolvimento do seu perfil de risco personalizado. Ele incentiva você a aproveitar dados históricos, consultar as autoridades locais e aproveitar os recursos da comunidade para obter uma compreensão diferenciada dos desafios específicos que podem surgir em seu ambiente. O resultado não é uma lista genérica de ameaças, mas um roteiro personalizado, adaptado às suas circunstâncias únicas – um documento vivo que evolui com a sua consciência e com as dinâmicas de mudança do seu entorno.

Na arte da identificação de ameaças, o guia torna-se um defensor da previsão estratégica, incentivando você a olhar além do óbvio e a antecipar cenários potenciais.

Torna-se um mentor, orientando você a considerar a interação de fatores que podem amplificar ou mitigar ameaças. A exploração torna-se uma viagem ao cenário de possibilidades, permitindo-lhe ver os desafios potenciais não apenas como uma destruição iminente, mas como um terreno navegável onde as decisões estratégicas podem ter um impacto significativo.

Esta seção serve não apenas como um guia, mas também como um modelador de mentalidade, incutindo em você a capacidade de perceber ameaças potenciais como oportunidades de preparação, em vez de fontes de medo paralisante. Torna-se um apelo à ação – um apelo ao cultivo de uma mentalidade resiliente que não só identifica ameaças potenciais, mas transforma essa consciência numa força proativa de prontidão. Ao mergulhar nesta exploração, você embarca em uma jornada de iluminação – uma jornada que lhe permite iluminar as sombras, navegar pela incerteza com sabedoria e elaborar um plano de emergência que permaneça resiliente diante do desconhecido.

## Estratégias de Evacuação: Navegando pelos Caminhos para a Segurança

Na intrincada coreografia da preparação para emergências, as estratégias de evacuação emergem como a dança central, combinando perfeitamente a previsão teórica com a execução prática necessária quando sopram os ventos da crise. Esta seção se desenvolve como uma masterclass sobre como navegar pelos caminhos da segurança, transcendendo noções abstratas para fornecer etapas concretas e executáveis que formam a espinha dorsal da resiliência.

No centro de estratégias de evacuação eficazes está o reconhecimento de que há circunstâncias em que permanecer no local não é uma opção viável. Quer enfrentemos a ameaça iminente de um desastre natural ou as complexidades de uma emergência civil, a capacidade de evacuar com precisão e eficiência torna-se fundamental. O guia torna-se um roteiro estratégico, iluminando meticulosamente os passos necessários para transformar a teoria da evacuação numa realidade tangível e bem ensaiada.

Um pilar fundamental de qualquer estratégia de evacuação robusta é o estabelecimento de rotas de fuga claras e viáveis. Esta seção se transforma em uma expedição pelos arredores, incentivando você a identificar caminhos primários e alternativos para a segurança. Ele investiga profundamente as complexidades da infraestrutura local, os padrões de tráfego e os possíveis gargalos que podem impedir uma evacuação rápida. O guia torna-se uma bússola, orientando-o a traçar não apenas as rotas mais curtas, mas também os caminhos mais eficientes e seguros que o afastam de perigos potenciais.

Além disso, o guia torna-se um companheiro de confiança no processo de montagem de um kit de emergência portátil – um aliado indispensável na jornada para a segurança. De suprimentos médicos cruciais a documentos essenciais, de dispositivos de comunicação a alimentos, o conteúdo deste kit é meticulosamente detalhado. Garante que você não esteja apenas equipado, mas também bem preparado para enfrentar os desafios da evacuação com uma sensação de prontidão. Esta seção transforma o conceito teórico de um kit de emergência em um companheiro tangível, prático e de suporte à vida.

O capítulo se desenrola como um estrategista experiente, encorajando você a estender suas considerações além das rotas de fuga imediatas. Ele navega pelas nuances do estabelecimento de pontos de encontro, promovendo a comunicação com os membros da família e aproveitando os recursos da comunidade para facilitar um esforço de evacuação bem coordenado. O resultado não é um mero plano de fuga, mas uma estratégia abrangente que antecipa os diversos cenários que podem surgir durante uma crise.

Além disso, o guia transforma-se num defensor de exercícios e simulações regulares, reconhecendo que o conhecimento teórico por si só é insuficiente quando os riscos são elevados. As estratégias de evacuação não são planos estagnados; eles exigem prática e adaptabilidade. Esta seção funciona como um treinador, motivando você a realizar simulações de evacuações, transformando o conhecimento teórico em memória muscular. O objetivo não é apenas possuir um plano, mas garantir que ele se torne uma resposta instintiva em tempos de crise, um reflexo apurado através da repetição e do refinamento.

A dança estratégica da evacuação desdobra-se em múltiplas frentes, incorporando não apenas ações físicas, mas também prontidão mental. Esta seção incentiva uma mentalidade de consciência situacional, cultivando um senso agudo de observação e capacidade de resposta às mudanças nas circunstâncias. Torna-se uma exploração da psicologia da evacuação, reconhecendo o potencial estresse e as emoções associadas à saída de um ambiente familiar em tempos de incerteza.

Além disso, o guia torna-se um defensor do envolvimento da comunidade no planeamento da evacuação. Sublinha a importância da coordenação com vizinhos, autoridades locais e organizações comunitárias.

Ao promover um sentido de responsabilidade colectiva e de apoio mútuo, o capítulo transforma a evacuação de um esforço individual num esforço comunitário, reforçando a resiliência de todo o bairro.

## Estabelecendo protocolos de comunicação: conectando-se em meio ao caos

No cadinho de uma emergência, onde o caos ameaça abafar a razão, a comunicação eficaz surge como a tábua de salvação que transcende as perturbações, tecendo uma rede de conectividade quando é mais necessária. Esta seção, portanto, revela-se como um guia maestro para estabelecer protocolos de comunicação – uma sinfonia de estratégias que garantem o fluxo contínuo de informações, desde a esfera íntima das conexões familiares até a expansão mais ampla das redes comunitárias. Esta orquestração torna-se uma pedra angular, enfatizando os elementos críticos de clareza, simplicidade e redundância para garantir que informações vitais naveguem nas ondas tumultuadas da crise sem ambiguidade.

O aspecto fundamental dos protocolos de comunicação começa com a criação de uma lista designada de contatos de emergência – um conjunto de indivíduos que formam uma rede confiável em tempos de turbulência. Esta seção serve como um guia meticuloso, incentivando você a selecionar esta lista com consideração cuidadosa. Ele leva você a pensar além dos familiares imediatos, ampliando a rede para incluir amigos, vizinhos e líderes comunitários. Dentro deste conjunto, os papéis e as responsabilidades são atribuídos com precisão, garantindo que cada participante compreende o seu papel crucial na resposta colectiva a uma crise.

Além disso, o guia defende a integração da tecnologia nos protocolos de comunicação, reconhecendo o poder transformador das ferramentas modernas na amplificação do alcance de informações vitais. Desde o estabelecimento de um centro de comunicação centralizado até ao aproveitamento da ampla acessibilidade das plataformas de redes sociais, a tecnologia torna-se um multiplicador de forças. Esta seção torna-se uma exploração do cenário diversificado de ferramentas de comunicação, incentivando você a diversificar sua abordagem para garantir resiliência diante de possíveis interrupções.

Uma dimensão fundamental dos protocolos de comunicação envolve a criação de um sistema para receber e disseminar informações de fontes autorizadas. O guia torna-se um defensor da manutenção informada através dos canais oficiais, do monitoramento de transmissões de emergência e do acesso a informações de fontes confiáveis. Esta exploração investiga a importância do discernimento, incentivando você a diferenciar entre informações confiáveis e rumores. Promove uma mentalidade que depende de informações precisas como base em tempos de crise.

Além disso, o capítulo se transforma em um estrategista, incentivando você a considerar métodos alternativos de comunicação em caso de falhas na infraestrutura. O guia torna-se um visionário, explorando formas criativas de garantir a conectividade quando os canais de comunicação tradicionais podem falhar. Desde rádios portáteis que podem transcender as limitações das redes com fio até o estabelecimento de sistemas de retransmissão de mensagens em sua comunidade, o guia incentiva uma abordagem inovadora para a resiliência da comunicação.

O Capítulo 3 funciona como uma tapeçaria magistralmente tecida, integrando identificação de ameaças, estratégias de evacuação e protocolos de comunicação num plano abrangente de resiliência. Ao percorrer os próximos capítulos, munido não apenas de conhecimento teórico, mas também de um plano de emergência tangível e prático, você carrega dentro de si uma bússola que navega pelas incertezas da vida com precisão e resiliência. A sinfonia dos protocolos de comunicação torna-se não apenas um conceito teórico, mas uma rede viva que conecta você a uma comunidade de apoio em meio ao caos, garantindo que, não importa quão turbulentas sejam as circunstâncias, as linhas de comunicação permaneçam abertas, resilientes e firme.

# CAPÍTULO 4

## ESSENCIAIS DE ESTOCAGEM

Na procura da preparação, o Capítulo 4 revela-se como um guia estratégico para armazenar bens essenciais – um aspecto essencial para fortalecer a resiliência e garantir a segurança face à incerteza. Este capítulo investiga as complexidades da garantia de recursos fundamentais, explorando o abastecimento, a purificação e o armazenamento de água; o armazenamento a longo prazo e as considerações nutricionais dos alimentos; e os aspectos vitais do abrigo, abrangendo tanto a segurança da sua casa como opções alternativas. O armazenamento destes bens essenciais não é apenas um esforço prático; torna-se um pilar fundamental no edifício da preparação.

### Água: Obtenção, Purificação e Armazenamento: Nutrindo a Fonte da Vida

A água, a essência da vitalidade, assume um papel primordial como eixo de qualquer estratégia abrangente de armazenamento. Nesta secção, embarcamos numa exploração profunda, elaborando um guia abrangente que não só garante um abastecimento de água sustentável e seguro, mas também se torna uma tábua de salvação resoluta face a potenciais perturbações. Esta viagem desdobra-se em três facetas interligadas: o abastecimento estratégico de água, os intrincados processos de purificação e a arte do armazenamento eficaz.

**Strategic Sourcing: Diversificação como chave**
O guia começa com uma exploração estratégica do abastecimento de água, estabelecendo as bases para a resiliência, enfatizando o princípio crítico da diversificação. Sublinha a importância de considerar uma miríade de vias para garantir um abastecimento de água fiável, reconhecendo que a chave para a preparação reside numa abordagem multifacetada.

Fontes naturais, como rios e lagos, constituem a base de potenciais fontes de água. O guia se torna um cartógrafo, incentivando você a mapear corpos d'água próximos, avaliar sua qualidade e traçar estratégias para explorar esses reservatórios naturais. Ele navega por considerações de acessibilidade, proximidade de sua residência e possíveis desafios na extração de água dessas fontes.

Opções feitas pelo homem, incluindo poços e sistemas de captação de água da chuva, entram na equação à medida que o guia se transforma em engenheiro, fornecendo informações sobre a construção, manutenção e otimização desses sistemas. Incentiva-o a avaliar a viabilidade e sustentabilidade de cada fonte artificial, orientando a seleção do método mais apropriado com base na sua localização geográfica, clima e circunstâncias individuais.

Além disso, o guia torna-se um defensor da compreensão da dinâmica da disponibilidade de água na sua região, investigando as variações sazonais, os padrões climáticos e as potenciais mudanças que podem afetar a fiabilidade das fontes de água escolhidas. Esta postura proativa garante que a sua estratégia de armazenamento se adapta à natureza dinâmica da disponibilidade de água, evoluindo em conjunto com as mudanças das estações e das condições ambientais.

**Purificação: A Alquimia de Transformar Contaminação em Pureza**

Tendo estabelecido uma base estratégica no abastecimento de água, o guia transita para o reino alquímico da purificação – um processo transformador que transforma a água potencialmente contaminada num recurso seguro e potável. Torna-se um laboratório químico, apresentando um repertório de métodos de purificação projetados para capacitá-lo com o conhecimento necessário para tomar decisões informadas.

A filtração surge como método primário de purificação, atuando como peneira para remover impurezas e contaminantes. O guia navega pelas complexidades da seleção de sistemas de filtração apropriados, considerando fatores como tamanho dos poros, taxa de fluxo e os tipos específicos de contaminantes que o sistema pode remover com eficácia. Torna-se um especialista em filtração, esclarecendo as vantagens e limitações de vários mecanismos de filtração, desde filtros de carvão ativado até filtros cerâmicos ou de membrana.

A fervura, um método de purificação testado pelo tempo, torna-se um ponto focal à medida que o guia se transforma em um artista culinário, delineando as nuances de práticas eficazes de fervura. Ele explora a duração necessária da fervura, considerando fatores como altitude e qualidade da água, garantindo que este método simples, porém potente, se torne uma ferramenta confiável em seu arsenal de purificação.

Tratamentos químicos, incluindo pastilhas de cloro, iodo ou gotas de purificação de água, tornam-se componentes essenciais no kit de ferramentas de purificação. O guia se torna um farmacêutico, fornecendo informações sobre a aplicação adequada desses tratamentos, sua eficácia em diferentes cenários e possíveis considerações como sabor e odor.

Tecnologias avançadas, como dispositivos ultravioleta (UV) ou de purificação de água, ocupam o centro das atenções à medida que o guia se torna um tecnólogo, desvendando os princípios e aplicações desses métodos de ponta. Explora as vantagens destas tecnologias, tais como a sua velocidade e eficiência, ao mesmo tempo que aborda potenciais limitações e a necessidade de fontes de energia no seu funcionamento.

**Armazenamento: Arquitetura de Resiliência**
Tendo purificado o elixir da vida, o guia agora faz a transição para a peça final do quebra-cabeça da água: o armazenamento. Como arquiteto da resiliência, descreve a construção de um sistema robusto de armazenamento de água que garante que a água armazenada permaneça uma fonte confiável quando mais necessária.

O guia investiga a arte de selecionar recipientes adequados para armazenamento de água, considerando fatores como material, durabilidade e capacidade. Ele se transforma em um conhecedor de contêineres, orientando você nas complexidades da escolha de recipientes que evitem a contaminação, resistam à deterioração e facilitem o acesso à água armazenada.

A implementação de práticas de manutenção adequadas torna-se um aspecto crucial da estratégia de armazenamento. O guia adota o papel de um zelador, fornecendo informações sobre limpeza regular, desinfecção e rotação da água armazenada para evitar a estagnação e o crescimento de microorganismos nocivos. Enfatiza a importância de uma abordagem proativa à manutenção, garantindo que a água armazenada permaneça uma fonte pura e confiável em momentos de necessidade.

As considerações sobre a quantidade vêm à tona à medida que o guia se transforma em um matemático, solicitando que você calcule as necessidades de água com base no tamanho da família, nos padrões de consumo potenciais e na duração da autossuficiência necessária. Torna-se um planejador, orientando você através de uma avaliação meticulosa de seus hábitos de consumo de água, do número de pessoas em sua casa e de possíveis flutuações nas necessidades de água durante emergências.

## Alimentos: armazenamento e nutrição a longo prazo

Na sinfonia da sobrevivência, a comida surge como uma pedra angular – uma fonte de sustento que vai além da mera ingestão calórica para nutrir e fortalecer a resiliência. Esta seção se transforma em um estrategista culinário, guiando você pelas complexidades do armazenamento a longo prazo e pelas considerações nutricionais. Esta secção torna-se numa odisseia culinária, não apenas sobre a acumulação de provisões, mas também sobre a criação de um reservatório alimentar diversificado e bem preservado que resiste ao teste do tempo.

As estratégias de armazenamento de longo prazo tornam-se o ponto inicial na jornada de armazenamento de alimentos. O guia se transforma em um arquiteto de sustento, apresentando uma série de métodos que vão além da mera acumulação – enlatamento, liofilização, desidratação e selagem a vácuo. Cada técnica é dissecada com precisão, o guia navegando pelas nuances de praticidade, durabilidade e retenção nutricional. O objetivo não é apenas acumular suprimentos, mas construir uma fortaleza culinária, um estoque bem preservado que transcenda os prazos de validade e continue sendo uma fonte confiável de sustento quando mais necessário.

O enlatamento, método consagrado pelo tempo, transforma o guia em um mestre da preservação. Ele explora o processo de selar alimentos em potes herméticos, aproveitando o calor para destruir microorganismos e enzimas que levam à deterioração. O guia revela a arte de enlatar, seus pontos fortes na preservação do sabor e da textura e suas considerações em termos de prazo de validade e integridade nutricional.

A liofilização torna-se a exploração do guia na preservação criogênica de alimentos. Torna-se um contador de histórias, desvendando o processo de remoção de umidade por meio da sublimação, criando provisões leves e estáveis. O guia aborda as vantagens da liofilização: perda mínima de nutrientes, prazo de validade prolongado e conveniência da reidratação quando necessário.

A desidratação, método tão antigo quanto o tempo, transforma o guia em um chef minimalista. Explora a remoção suave de água dos alimentos, criando opções compactas e ricas em nutrientes. O guia passa a ser curador, destacando a simplicidade e versatilidade dos alimentos desidratados, que podem ir desde frutas e verduras até carnes e grãos.

A selagem a vácuo, técnica contemporânea, faz da guia um guardião hermético. Examina o processo de remoção de ar da embalagem para evitar a oxidação e manter o frescor. O guia explora os benefícios da vedação a vácuo, desde o prolongamento da vida útil até a redução do risco de queimadura no congelador, tornando-se um guardião dos sabores e texturas contidos nele.

A nutrição torna-se o próximo movimento, à medida que o guia se transforma em nutricionista, defendendo um estoque que vai além do sustento e chega à nutrição. Torna-se um arquiteto do bem-estar, incentivando você a pensar além dos princípios básicos de carboidratos, proteínas e gorduras. O guia investiga a orquestração de nutrientes essenciais – vitaminas, minerais e micronutrientes – criando uma sinfonia de nutrição que promove a saúde geral e a resiliência.

A variedade passa a ser uma nota chave nesta composição nutricional. O guia torna-se um defensor da diversidade, incentivando você a selecionar um estoque que espelhe a complexidade de suas necessidades nutricionais. Torna-se um compositor, orquestrando uma paleta que inclui um espectro de alimentos, garantindo que o estoque não apenas atenda às necessidades energéticas básicas, mas também atenda às diversas necessidades nutricionais de sua família.

Além disso, o capítulo se desenvolve como um chef personalizado, reconhecendo a individualidade das necessidades alimentares das famílias. Torna-se um guia através do labirinto de planejamento para necessidades dietéticas especiais, sejam elas motivadas por alergias, condições médicas ou preferências específicas. O guia se transforma em um chef com um cardápio personalizado, garantindo que seu estoque atenda às necessidades nutricionais exclusivas de cada membro da sua família.

As considerações culturais tornam-se a nota final nesta sinfonia culinária. O guia torna-se um antropólogo cultural, reconhecendo a natureza dinâmica das preferências alimentares moldadas pelas origens culturais e pelos gostos pessoais. Incentiva a flexibilidade na sua abordagem de armazenamento, reconhecendo que a familiaridade e o conforto dos sabores desempenham um papel significativo na manutenção do moral e do bem-estar mental durante tempos difíceis.

## Abrigo: protegendo sua casa e opções alternativas

O abrigo, um bastião de segurança, representa a dimensão final na intrincada tapeçaria de itens essenciais para armazenamento. Esta seção se transforma em um guia arquitetônico, navegando pelas delicadas nuances da segurança de sua casa e, ao mesmo tempo, explorando opções alternativas – criando uma fortaleza resiliente que transcende os limites imediatos de sua residência.

O guia se desenvolve como um estrategista de segurança doméstica, e suas páginas se transformam em projetos de fortificação. Explora as medidas práticas essenciais para fortalecer a sua residência, transformando-se num consultor de segurança que transmite sabedoria no reforço de portas e janelas, no reforço das defesas perimetrais e na incorporação de camadas de proteção necessárias para salvaguardar a sua casa. A abordagem é abrangente, incentivando-o a combinar medidas físicas e planeamento estratégico, criando assim um espaço de vida que permanece resiliente face à adversidade.

Além disso, o capítulo investiga a profunda importância de criar uma sala segura designada – um espaço fortificado dentro de sua casa que serve como última linha de defesa em caso de ameaça. O guia assume o papel de um designer de interiores, orientando você nas considerações para selecionar o local ideal em sua casa, reforçando a integridade estrutural e abastecendo-a com suprimentos essenciais. Esta metamorfose do guia transforma a sala segura em mais do que um espaço seguro; torna-se um santuário, um retiro onde você pode encontrar consolo e proteção em tempos de crise.

Opções alternativas de abrigo tornam-se o próximo capítulo desta exploração, à medida que o guia se transforma num planeador urbano de preparação. Incentiva-o a pensar para além dos limites imediatos da sua casa, adoptando o papel de um visionário que navega através de considerações sobre potenciais locais de evacuação, abrigos temporários e recursos comunitários que podem proporcionar refúgio em tempos de crise. O guia torna-se um defensor da flexibilidade, reconhecendo que uma estratégia abrangente de abrigo necessita tanto de fortalecer a sua base como de considerar opções alternativas com base na natureza da emergência.

Dentro desta transformação, o guia explora potenciais locais de evacuação, incentivando você a identificar áreas que oferecem segurança e recursos essenciais. Assume o papel de um guia geográfico, levando a considerar fatores como proximidade, acessibilidade e disponibilidade de bens de primeira necessidade. A exploração se torna uma jornada estratégica, à medida que você mapeia rotas e contingências para se deslocar para esses abrigos alternativos de forma rápida e eficiente.

Os abrigos temporários tornam-se o foco e o guia torna-se um especialista em logística. Ele navega por considerações sobre tipos de abrigo, disponibilidade de recursos e duração potencial da estadia. Quer se trate de identificar centros comunitários locais, escolas ou abrigos de emergência designados, o guia fornece informações sobre como tomar decisões informadas sobre opções alternativas de abrigo.

Os recursos comunitários ocupam um lugar central nesta exploração e o guia transforma-se num elemento de ligação com a comunidade. Ele incentiva você a interagir com serviços de emergência locais, organizações comunitárias e vizinhos para compreender os recursos disponíveis na sua vizinhança. O guia torna-se uma força colaborativa, promovendo um sentido de preparação comunitária e incentivando a resiliência colectiva.

Isto emerge como uma tapeçaria intrinsecamente tecida com os fios essenciais de água, comida e abrigo. Estes elementos fundamentais constituem os pilares que garantem a resiliência e a segurança dos seus esforços de preparação. Ao embarcar na jornada para os capítulos subsequentes, armado com a sabedoria transmitida nesta exploração, você carrega consigo não apenas conhecimento teórico, mas um plano tangível e prático para armazenar itens essenciais. Esta base estratégica torna-se mais do que um guia prático; é uma prova do seu compromisso em construir um futuro resiliente e seguro – um futuro onde as muralhas fortificadas da sua casa e a adaptabilidade de opções alternativas de abrigo se tornem os guardiões do seu bem-estar face à incerteza.

# CAPÍTULO 5

# ENGRENAGENS E EQUIPAMENTOS ESSENCIAIS - FERRAMENTAS PARA RESILIÊNCIA

Na intrincada dança da preparação, o Capítulo 5 se desdobra como uma bússola que guia você através do domínio dos equipamentos e equipamentos essenciais – uma dimensão crucial que transforma a prontidão teórica em resiliência prática. Este capítulo investiga a arte de construir e personalizar kits de sobrevivência, explora as ferramentas necessárias para a autossuficiência e navega pelas nuances da seleção de roupas e equipamentos de proteção individual. Torna-se não apenas um guia, mas um kit de ferramentas para a resiliência, equipando-o com os instrumentos para enfrentar as incertezas da vida com confiança e adaptabilidade.

## Kits de sobrevivência: construção e personalização

Na intricada tapeçaria da preparação, os kits de sobrevivência constituem repositórios compactos – uma tábua de salvação estratégica que transforma o teórico em tangível, o potencial em prático. Esta seção se torna uma exploração, um guia sobre a arte de construir e personalizar kits de sobrevivência – uma arte que vai além do mero acúmulo de itens e evolui para um kit de ferramentas personalizado para resiliência.

O guia assume o papel de um arquiteto, estabelecendo as bases com insights sobre os elementos fundamentais que todo kit de sobrevivência deve abranger. Desde suprimentos essenciais de primeiros socorros que podem curar feridas e tratar ferimentos até ferramentas de navegação que podem guiá-lo através do labirinto da incerteza, desde dispositivos de comunicação que conectam você com o mundo até alimentos que nutrem seu corpo e espírito – a seção se transforma em uma lista de verificação para resiliência. Torna-se um estrategista, navegando por considerações de peso, portabilidade e necessidades específicas de sua casa, garantindo que seu kit de sobrevivência não seja apenas uma coleção genérica, mas um conjunto personalizado projetado para suas circunstâncias únicas.

Além disso, o capítulo defende o toque pessoal na personalização do kit de sobrevivência. Torna-se um curador, convidando você a infundir suas preferências individuais, necessidades médicas e os cenários únicos que podem se desenrolar em seu ambiente. O guia se transforma em colaborador, incentivando você a incluir itens que tragam conforto, aliviem o estresse e cuidem do bem-estar psicológico de sua família em momentos de crise. Este toque personalizado não é apenas um acréscimo; é um reconhecimento de que a preparação não é um conceito único, mas um esforço intimamente adaptado.

A exploração vai além do kit básico de sobrevivência, chegando a kits especializados feitos sob medida para cenários específicos. O guia se transforma em um planejador de cenários, incentivando você a considerar kits projetados para desafios distintos: evacuação, emergências médicas ou ameaças ambientais específicas. Torna-se um estratega, garantindo que não está apenas preparado para cenários genéricos, mas também equipado para enfrentar os desafios únicos que podem surgir na sua localização geográfica ou circunstâncias pessoais.

Consideremos o kit de evacuação – um santuário móvel concebido para partidas rápidas em tempos de crise. O guia se torna um consultor de viagens, solicitando que você inclua itens essenciais como documentos de identificação, uma muda de roupa e itens pessoais essenciais. Explora as nuances da embalagem para mobilidade, defendendo itens leves, duráveis e versáteis que possam se adaptar à natureza dinâmica dos cenários de evacuação.

As emergências médicas ocupam um lugar central na exploração de kits de sobrevivência especializados. O guia se transforma em um consultor médico, orientando você na seleção de suprimentos médicos além do básico.

Ele investiga considerações sobre medicamentos específicos, equipamentos médicos especializados e registros pessoais de saúde. A seção se torna uma defensora da saúde, garantindo que seu kit de sobrevivência médica esteja alinhado com quaisquer condições de saúde específicas em sua casa.

Os desafios ambientais introduzem uma nova camada de considerações. O guia assume o papel de um cientista ambiental, incentivando você a adaptar seu kit de sobrevivência às ameaças específicas predominantes em sua localização geográfica. De condições climáticas extremas a desastres naturais, o guia navega por itens como cobertores térmicos, calçados resistentes ou equipamentos de proteção projetados para os desafios únicos do seu ambiente.

Esta seção torna-se mais que um guia; ele evolui para um companheiro em sua jornada de preparação. À medida que você se aprofunda nos capítulos subsequentes, munido da sabedoria transmitida nesta exploração, você carrega consigo não apenas o conhecimento teórico, mas um kit de ferramentas tangível e personalizado para a resiliência. Esta base estratégica torna-se mais do que um conjunto de itens; é uma prova do seu compromisso em construir um futuro onde a preparação não seja apenas um conceito, mas uma realidade vivida – uma realidade onde os kits de sobrevivência, personalizados e especializados, se tornam companheiros constantes face ao imprevisível, garantindo que você não está meramente preparado, mas resiliente, adaptável e pronto para quaisquer desafios que possam surgir em seu caminho.

## Ferramentas para autossuficiência: criando resiliência na palma de suas mãos

Na intricada tapeçaria da autossuficiência, as ferramentas emergem como pinceladas que criam a resiliência, transformando a preparação teórica em capacidades práticas. Esta secção torna-se o guia, não apenas para dispositivos, mas para os instrumentos através dos quais a auto-suficiência se manifesta. Ele adota o papel de armeiro, navegando pela seleção, manutenção e aplicação de ferramentas que o capacitam a enfrentar os desafios da autossuficiência com habilidade e confiança.

**Ferramentas manuais básicas: a base da autossuficiência**

A jornada rumo à autossuficiência começa com os elementos fundamentais – as ferramentas manuais básicas. O guia se transforma em um artesão, descrevendo as ferramentas essenciais para tarefas como carpintaria, encanamento e reparos básicos. Torna-se um planejador meticuloso, considerando a durabilidade, versatilidade e facilidade de uso de cada ferramenta, garantindo que seu kit de ferramentas não seja apenas abrangente, mas também fácil de usar em momentos de necessidade.

1. **Martelo**: Símbolo de construção e criação, o martelo é o centro das atenções no kit de ferramentas. O guia se torna um curador, orientando você a selecionar um martelo com equilíbrio, peso e aderência corretos - garantindo precisão nas tarefas, desde a estrutura até simples reparos domésticos.

2. **Jogo de chaves de fenda**: O herói desconhecido em qualquer kit de ferramentas, o conjunto de chaves de fenda torna-se o foco da atenção do guia. Ele se aprofunda nas considerações sobre os diferentes tipos e tamanhos de chaves de fenda, enfatizando a importância de um conjunto versátil que atenda a vários tipos de parafusos.
3. **Chave de boca ajustável**: Uma companheira versátil em tarefas mecânicas e de encanamento, a chave ajustável torna-se a exploração do guia em considerações de tamanho, durabilidade e facilidade de ajuste. Ele garante que seu kit de ferramentas esteja equipado com uma ferramenta confiável para lidar com porcas e parafusos de tamanhos variados.
4. **Alicate**: O alicate multifuncional torna-se o kit de ferramentas essencial do guia. Ele explora os diferentes tipos, incluindo alicates de bico fino, de linha e de junta deslizante, orientando você a selecionar a ferramenta certa para tarefas específicas, como agarrar, cortar e dobrar.

5. **Fita métrica**: A precisão na autossuficiência começa com medições precisas, e a fita métrica passa a ser o foco do guia. Ele fornece informações sobre como selecionar uma fita métrica durável e precisa, essencial para tarefas que vão desde carpintaria até jardinagem.
6. **Faca utilitária**: Uma ferramenta de corte versátil, o canivete torna-se a exploração do guia em considerações sobre tipos de lâmina, ergonomia do cabo e recursos de segurança. Ele garante que seu kit de ferramentas inclua um companheiro de corte confiável para diversas tarefas.

O guia, no seu papel de artesão, defende não só a posse, mas também o domínio destas ferramentas manuais básicas. Ele se transforma em um instrutor, fornecendo dicas práticas, tutoriais e orientações de segurança para a utilização eficaz de cada ferramenta. A orientação vai além da posse de ferramentas, promovendo uma mentalidade que valoriza o domínio prático desses instrumentos – um aspecto crucial da autossuficiência.

**Ferramentas Elétricas: O Motor da Eficiência**

A exploração de ferramentas para a autossuficiência vai além do manual, chegando ao domínio das ferramentas elétricas – o motor que impulsiona a eficiência e a eficácia em diversas tarefas. O guia assume o papel de um engenheiro, fornecendo informações sobre a seleção de ferramentas elétricas que elevam suas capacidades em um estilo de vida autossuficiente.

1. **Furadeira elétrica**: Pedra angular da versatilidade, a furadeira passa a ser o foco da atenção do guia. Ele explora considerações sobre com e sem fio, duração da bateria e recursos adicionais, como velocidade e torque ajustáveis. O guia se torna um companheiro, orientando você nas aplicações da furadeira em tarefas que vão desde construção até projetos de bricolage.
2. **Serra circular**: A precisão dos cortes é o centro das atenções com a serra circular. O guia se torna um visionário, navegando por considerações sobre tipos de lâminas, recursos de segurança e design ergonômico. Ele garante que seu kit de

ferramentas inclua uma ferramenta de corte poderosa para tarefas como marcenaria e construção.
3. **Gerador**: O coração da vida fora da rede, o gerador torna-se a exploração do guia em considerações sobre requisitos de combustível, produção de energia e portabilidade. Ele se transforma em um especialista em energia, orientando você na seleção de um gerador que atenda às necessidades específicas de energia do seu estilo de vida autossuficiente.
4. **Motosserra**: No domínio da agricultura familiar e da silvicultura, a motosserra torna-se uma ferramenta essencial. O guia explora considerações sobre tipo de motor, comprimento da barra e recursos de segurança. Torna-se um especialista florestal, orientando você nas aplicações da motosserra em tarefas como derrubada de árvores, processamento de lenha e manejo de terras.

O guia, na sua função de engenheiro, enfatiza não apenas a posse, mas também o uso responsável e seguro de ferramentas elétricas. Ele se transforma em instrutor, proporcionando insights práticos sobre a operação de cada ferramenta, garantindo medidas de segurança e oferecendo dicas para uso eficiente e eficaz.

**Ferramentas especializadas para jardinagem, agricultura e preparação de alimentos: estimulando a sustentabilidade**

A jornada rumo à autossuficiência estende-se aos domínios da jardinagem, da agricultura e da preparação de alimentos – os domínios onde as ferramentas especializadas se tornam os promotores da sustentabilidade. O guia torna-se um especialista agrícola, fornecendo informações sobre a seleção de ferramentas que facilitam a produção e o processamento de alimentos.

1. **Jardim como:** Símbolo do cultivo, a enxada de jardim passa a ser o foco do guia. Ele explora considerações sobre tipo de lâmina, material do cabo e design ergonômico. O guia se torna um

jardineiro, orientando você no uso adequado da enxada de jardim em tarefas como cultivo do solo e remoção de ervas daninhas.

2. **Tesouras de poda**: A precisão na jardinagem exige um toque delicado, e as tesouras de poda tornam-se a exploração do guia em considerações sobre material da lâmina, capacidade de corte e design ergonômico. Ele garante que seu kit de ferramentas inclua uma ferramenta confiável para moldar e manter a saúde de suas plantas.

3. **Carrinho de mão**: Carro-chefe da jardinagem e da agricultura, o carrinho de mão passa a ser o foco da atenção do guia. Ele explora considerações de material, capacidade e manobrabilidade. O guia se torna um especialista em logística, orientando você no uso eficiente do carrinho de mão em tarefas como transporte de solo, cobertura morta ou produtos colhidos.

4. **Espátula Manual**: Uma companheira versátil na jardinagem em pequena escala, a espátula manual torna-se a exploração do guia em considerações sobre formato da lâmina, material do cabo e

durabilidade. Ele garante que seu kit de ferramentas inclua uma ferramenta precisa para tarefas como plantio, remoção de ervas daninhas e transplante.

5. **Trator**: No vasto cenário da agricultura, o trator torna-se uma ferramenta indispensável. O guia explora considerações sobre energia, acessórios e manutenção. Ele se transforma em agricultor, orientando você nas aplicações do trator em tarefas como arar, plantar e colher.

6. **Desidratador de Alimentos**: No domínio da conservação de alimentos, o desidratador de alimentos torna-se uma ferramenta vital. O guia explora considerações de tamanho, controle de temperatura e eficiência energética. Torna-se um especialista em preservação, orientando você no processo de desidratação de frutas, vegetais e ervas.

O guia, no seu papel de especialista agrícola, enfatiza não só a posse, mas também o uso hábil e sustentável destas ferramentas especializadas. Ele se transforma em um mentor, fornecendo insights sobre planejamento sazonal, rotação de culturas e utilização eficiente de ferramentas para aumentar a produtividade de seus empreendimentos autossuficientes.

Além disso, o capítulo defende uma perspectiva de longo prazo na construção e manutenção do seu kit de ferramentas de auto-suficiência. O guia se torna um estrategista, incentivando você a pensar além das necessidades imediatas e a considerar a durabilidade e sustentabilidade de cada ferramenta. Promove uma mentalidade que valoriza não apenas a aplicação imediata de ferramentas, mas também a sua longevidade no apoio ao seu estilo de vida autossuficiente.

Esta seção surge como um guia abrangente de ferramentas para a autossuficiência – um kit de ferramentas que vai além da posse superficial de gadgets e se aprofunda no domínio e no uso sustentável de instrumentos que criam resiliência na palma das suas mãos. À medida que você se aprofunda nos capítulos subsequentes, munido da sabedoria transmitida nesta exploração, você carrega consigo não apenas uma coleção de ferramentas, mas uma base estratégica para a autossuficiência. Este capítulo torna-se mais que um guia; é uma prova do seu compromisso em construir um futuro autossuficiente e bem preparado – um futuro onde cada ferramenta do seu arsenal se torna não apenas um instrumento, mas uma manifestação de resiliência e adaptabilidade face às incertezas da vida.

## Roupas e equipamentos de proteção individual: a armadura externa da resiliência

Roupas e equipamentos de proteção individual (EPI) surgem como a dimensão final na exploração meticulosa de equipamentos essenciais – um reino onde o guia se torna um estilista, um conselheiro de segurança e um planejador estratégico, navegando pela intrincada paisagem do que pode ser considerado o exterior. armadura de resiliência.

## Roupas: um guia para planejadores de guarda-roupas

Vestuário, o primeiro foco deste capítulo, transforma o guia em um planejador de guarda-roupa, navegando meticulosamente pelas nuances da seleção de peças que servem não apenas para vestir, mas também para proteger. O guia se torna um consultor sazonal, orientando você através de considerações de funcionalidade, durabilidade e adaptabilidade no domínio das roupas - garantindo que seu traje não seja apenas confortável, mas uma camada estratégica de defesa contra diversos desafios.

A exploração começa com foco em roupas adequadas para diversas condições climáticas. Seja enfrentando o frio cortante do inverno, o calor escaldante do verão ou as flutuações imprevisíveis das estações de transição, o guia serve como um guia de alfaiataria. Torna-se um especialista em tecidos, orientando-o na seleção de materiais que proporcionam isolamento, propriedades de absorção de humidade e respirabilidade, criando um guarda-roupa que se adapta perfeitamente à natureza dinâmica dos desafios ambientais.

O calçado torna-se uma consideração crucial e o guia transforma-se num especialista em calçado, reconhecendo que calçado protector e funcional é mais do que uma declaração de moda – é um componente chave do seu equipamento de preparação. Desde botas de caminhada desenhadas para terrenos acidentados até botas impermeáveis adaptadas para intempéries, o guia torna-se um companheiro, garantindo que o seu calçado não só complementa o seu estilo, mas também é um escudo funcional e protetor para os seus pés.

**Equipamento de proteção individual (EPI): Conselho de um consultor de segurança**

O guia aprofunda-se então no domínio dos equipamentos de proteção individual (EPI), passando por uma transformação em consultor de segurança. Explora considerações sobre itens como máscaras, luvas e proteção ocular, enfatizando seu papel indispensável na proteção contra vários perigos. O guia se torna um analista de riscos, orientando você na identificação de ameaças potenciais em seu ambiente e na seleção de EPI que mitiguem efetivamente esses riscos.

A exploração vai além do básico, chegando a equipamentos de proteção especializados, adaptados para cenários específicos. O guia adota o papel de um planejador de cenário, incentivando você a considerar itens como máscaras de gás, trajes anti-perigo ou outros equipamentos especializados com base nos riscos potenciais em sua localização geográfica. Torna-se um estratega, garantindo que o seu equipamento de proteção não é uma solução única para todos, mas um mecanismo de defesa personalizado contra os desafios únicos que podem surgir no seu ambiente.

Além disso, o capítulo defende a manutenção regular e substituição dos equipamentos de proteção, transformando o guia em um especialista em manutenção. Ele fornece diretrizes para inspeção, limpeza e substituição de equipamentos de proteção desgastados ou vencidos. O guia torna-se um guardião, enfatizando a importância de medidas proativas para garantir que o seu equipamento de proteção permaneça confiável e eficaz quando necessário.

**O kit de ferramentas abrangente para resiliência**

Este capítulo surge como um guia completo para equipamentos e equipamentos essenciais – um kit de ferramentas que vai além de meros acessórios para equipá-lo com os instrumentos necessários para navegar pelas incertezas da vida com confiança e adaptabilidade. Armado com a sabedoria transmitida nesta exploração, você carrega consigo não apenas conhecimento teórico, mas um arsenal tangível e prático de resiliência.

Esta base estratégica torna-se mais do que um conjunto de ferramentas; é uma prova do seu compromisso em construir um futuro autossuficiente e bem preparado. Um futuro onde os kits de sobrevivência, as ferramentas essenciais e os equipamentos de proteção não são apenas acessórios, mas componentes vitais de um estilo de vida resiliente e adaptável – uma armadura exterior que lhe permite enfrentar desafios com confiança e emergir mais forte do outro lado.

# CAPÍTULO 6

# PREPARAÇÃO MÉDICA

Na intricada tapeçaria da preparação, o Capítulo 6 desdobra-se como uma bússola que o guia através do domínio da preparação médica – uma dimensão crucial que transforma a prontidão teórica em resiliência prática. Este capítulo investiga os fundamentos dos primeiros socorros, explora as nuances dos medicamentos e suprimentos médicos e percorre o intricado caminho da criação de um plano de emergência médica abrangente. Torna-se não apenas um guia, mas um conjunto de ferramentas médicas para a resiliência, equipando-o com o conhecimento e as ferramentas necessárias para salvaguardar a saúde e o bem-estar em tempos de crise.

## Noções básicas de primeiros socorros: a base da preparação médica

No intricado panorama da preparação médica, o Capítulo 6 se desenvolve com ênfase no elemento fundamental: os primeiros socorros. Esta seção serve como um guia completo, transformando-se em instrutor, transmitindo habilidades essenciais, conhecimentos e as ferramentas necessárias que constituem a primeira linha de defesa em emergências médicas. Não é apenas uma exploração teórica, mas uma jornada prática ao domínio dos princípios básicos de primeiros socorros – um conjunto de habilidades que pode ser o diferencial em momentos críticos.

**Cuidados básicos com feridas: navegando no caminho para a cura**

A exploração começa com foco no cuidado básico de feridas, e o guia se transforma em um especialista em tratamento de feridas. Ele se torna seu conselheiro de confiança, orientando você nas etapas cruciais para cuidar de feridas de maneira eficaz. O guia enfatiza a importância da limpeza no tratamento de feridas, tornando-se um defensor da limpeza, desinfecção e curativos meticulosos. Torna-se curador de suprimentos essenciais, defendendo um kit de primeiros socorros bem abastecido que inclua bandagens, lenços antissépticos, curativos estéreis, fita adesiva e outros componentes essenciais.

No papel de cuidador, o guia fornece informações sobre como lidar com diversas lesões comuns. Seja lidando com cortes, queimaduras ou outros ferimentos, torna-se uma fonte de sabedoria prática. A exploração vai além da resposta imediata para destacar a importância dos cuidados de acompanhamento e monitorização de sinais de infecção. O guia torna-se um companheiro na jornada rumo à cura, garantindo que seus esforços de primeiros socorros contribuam para uma recuperação rápida e eficaz.

**Ressuscitação Cardiopulmonar (RCP): Capacitando Habilidades que Salvam Vidas**

A RCP é o centro das atenções na próxima fase de exploração, e o guia se transforma em um instrutor que salva vidas. Navegar pelas etapas da realização da RCP torna-se um farol de capacitação. O guia enfatiza a natureza crítica da ação rápida e eficaz em situações em que possa ocorrer parada cardíaca. Torna-se um guardião da vida, transmitindo conhecimentos e habilidades que podem fazer uma diferença profunda nos momentos críticos em que cada segundo conta.

A exploração se estende à importância de estar familiarizado com desfibriladores externos automáticos (DEAs). O guia torna-se um defensor da conscientização sobre o DEA, orientando você nos princípios básicos do uso do DEA e reforçando a ideia de que esses dispositivos podem melhorar significativamente as chances de sobrevivência em emergências cardíacas.

**Emergências sufocantes: intervenção proativa em crises**
O guia então estende a exploração para emergências sufocantes, transformando-se em um especialista em intervenção em crises. Ele fornece orientação sobre como reconhecer sinais de asfixia e responder de forma eficaz. O guia torna-se um defensor da manutenção de vias aéreas desobstruídas, orientando você nas etapas da manobra de Heimlich. Torna-se uma força proativa,

capacitando-o a enfrentar de forma decisiva situações potenciais de risco de vida.

**Prevenção de Lesões: Promovendo uma Cultura de Segurança**

Fazendo a transição para o domínio da prevenção de lesões, o guia torna-se um consultor de segurança. Explora estratégias para criar um ambiente seguro dentro de sua casa. Assume o papel de defensor da segurança, orientando-o através de medidas para reduzir o risco de acidentes e lesões. A exploração torna-se uma jornada abrangente, promovendo uma cultura de segurança que vai além da resposta a emergências até medidas proativas que promovem o bem-estar geral.

O guia torna-se um consultor na criação de um plano de segurança residencial, na identificação de perigos potenciais e na implementação de medidas preventivas. Ressalta a importância da educação e da conscientização, transformando você em um participante proativo na sua própria segurança e na dos membros de sua família.

Esta seção serve como um guia prático e abrangente para noções básicas de primeiros socorros. À medida que você se aprofunda nos capítulos subsequentes, munido da sabedoria transmitida nesta exploração, você carrega consigo não apenas o conhecimento teórico, mas um conjunto de habilidades tangíveis e práticas para a preparação médica. Esta base estratégica torna-se mais do que uma coleção de técnicas; é uma prova do seu compromisso com a construção de um futuro resiliente e consciente da saúde – um futuro onde os primeiros socorros não são apenas uma resposta reativa, mas uma força proativa para o bem-estar.

## Medicamentos e suprimentos médicos: construindo uma farmácia resiliente

No domínio da preparação médica, o Capítulo 6 revela a segunda dimensão – uma exploração de medicamentos e suprimentos médicos. O guia passa por uma transformação em farmacêutico, consultor de bem-estar, especialista em cadeia de suprimentos e arquivista. Ele aborda as complexidades da construção de uma farmácia resiliente, oferecendo orientação sobre como manter um armário de remédios bem abastecido, garantindo o acesso a suprimentos médicos essenciais e enfatizando a importância de um histórico médico abrangente.

**Ênfase em Medicamentos Regulares: Estratégias para Continuidade do Cuidado**

A exploração começa com destaque para os medicamentos regulares. O guia se transforma em um especialista em gerenciamento de medicamentos, orientando você nas estratégias para garantir a continuidade do cuidado. Torna-se um defensor da manutenção de um fornecimento adequado de medicamentos essenciais, enfatizando a importância das renovações de receitas, da compreensão das datas de validade dos medicamentos e da promoção da comunicação com os prestadores de cuidados de saúde. O guia torna-se um guardião da saúde, garantindo que você esteja bem preparado para lidar com condições crônicas e desafios inesperados de saúde com confiança e continuidade.

**Nuances de medicamentos de venda livre: consultoria de bem-estar**

O guia então navega pelas nuances dos medicamentos vendidos sem receita, tornando-se um consultor de bem-estar no processo. Ele fornece informações sobre a seleção de medicamentos para doenças comuns, como dor, febre, alergias e problemas gastrointestinais. A exploração vai além da medicina convencional, abrangendo remédios fitoterápicos e terapias alternativas, reconhecendo as diversas abordagens à saúde e ao bem-estar. O guia torna-se um conselheiro holístico, reconhecendo que uma farmácia completa abrange não apenas soluções farmacêuticas, mas também opções complementares e alternativas para abordar vários problemas de saúde.

**Importância dos suprimentos médicos além dos medicamentos: uma abordagem holística**

Além disso, o capítulo investiga a importância dos suprimentos médicos além dos medicamentos, transformando o guia em um especialista em cadeia de suprimentos. Ele orienta você na seleção de ferramentas e equipamentos médicos que melhoram sua capacidade de lidar com problemas de saúde de maneira eficaz. O guia torna-se um arquiteto de resiliência, garantindo que seu arsenal médico vá além dos produtos farmacêuticos, abrangendo uma gama holística de recursos. Desde termômetros e monitores de pressão arterial até ferramentas de diagnóstico, o guia garante que sua preparação se estende ao monitoramento e avaliação das condições de saúde com precisão.

## Histórico médico abrangente: arquivamento para preparação para emergências

A exploração se estende à importância de manter um histórico médico abrangente. O guia se transforma em arquivista, incentivando você a documentar informações essenciais sobre saúde. Isso inclui alergias, condições crônicas e intervenções médicas anteriores. Esta documentação torna-se um recurso valioso em emergências, garantindo que os prestadores de cuidados de saúde tenham acesso a informações críticas quando necessário. O guia torna-se um administrador da informação sobre saúde, reconhecendo que um historial médico bem documentado não é apenas um registo, mas uma tábua de salvação em tempos de crise.

## Criando um Plano de Emergência Médica: Navegando em Crises de Saúde com Precisão

Na intricada tapeçaria da preparação, a criação de um plano de emergência médica torna-se um capítulo fundamental – um plano estratégico que transforma a sensibilização teórica para a saúde num roteiro prático para a resiliência. Esta seção transcende as considerações teóricas, tornando-se um estrategista, um especialista em comunicação, um coach e um mestre logístico no meticuloso processo de elaboração de um plano que navega com precisão nas crises de saúde.

### Avaliação de riscos médicos potenciais: o papel de um detetive de saúde

A exploração começa com uma avaliação abrangente dos riscos médicos potenciais. O guia se transforma em um detetive de saúde, incentivando você a examinar fatores como condições de saúde existentes, emergências potenciais e as necessidades específicas dos indivíduos de sua família. Torna-se um analista de risco, incentivando você a antecipar cenários e adaptar seu plano de emergência médica para lidar com esses riscos específicos.

Esta fase da exploração não consiste apenas em listar potenciais problemas de saúde; é um processo dinâmico de compreensão do cenário único de saúde da sua família. O guia levanta questões ponderadas: Existem indivíduos com doenças crónicas? Existem requisitos especiais de medicação? Existem dados demográficos vulneráveis com considerações de saúde específicas? Esta abordagem personalizada garante que o seu plano de emergência médica não seja uma solução única, mas uma estratégia personalizada concebida para salvaguardar o bem-estar dos membros do seu agregado familiar.

**Importância da Comunicação: O Papel de um Estrategista de Comunicação**

A comunicação eficaz surge como pedra angular nas emergências médicas, e o guia transforma-se num estrategista de comunicação. Ele orienta você na criação de uma lista de contatos de emergência designada para profissionais de saúde, farmácias e instalações médicas relevantes. A exploração estende-se à inclusão de informações sobre seguros de saúde e formulários de consentimento médico, garantindo que os detalhes essenciais estejam prontamente disponíveis em momentos críticos.

Esta fase enfatiza a importância de canais de comunicação claros e simplificados. O guia passa a ser um coordenador, incentivando você a estabelecer um sistema confiável que garanta a transmissão rápida e precisa das informações. Seja atualizando informações de contato, coordenando com prestadores de cuidados de saúde ou garantindo que documentos vitais estejam acessíveis, o guia se torna um arquiteto de uma infraestrutura de comunicação que funciona perfeitamente quando cada segundo conta.

## Importância do Treinamento e Exercícios: O Papel de um Coach

O guia aprofunda então a importância dos treinamentos e exercícios, assumindo o papel de treinador. Enfatiza o valor da prática de técnicas de primeiros socorros, da familiarização dos membros do agregado familiar com o plano de emergência médica e da garantia de que todos estão bem preparados para responder eficazmente. O guia torna-se uma força proactiva, promovendo uma cultura de prontidão no seu agregado familiar.

Esta fase vai além do conhecimento teórico; transforma a preparação em memória muscular. O guia se torna um mentor, orientando você em cenários simulados, garantindo que todos em sua casa conheçam seu papel e responsabilidades. Não se trata apenas de ter um plano no papel; trata-se de garantir que cada membro da sua família esteja equipado com as habilidades práticas e a confiança para agir de forma decisiva em uma emergência médica.

**Considerações sobre evacuação e instalações médicas: o papel de um especialista em logística**

O guia então passa para considerações sobre evacuação e instalações médicas, tornando-se um especialista em logística. Ele navega por fatores como organização de transporte, acessibilidade de instalações médicas e coordenação com serviços de emergência. A exploração se estende à identificação de recursos locais de saúde e à compreensão da infraestrutura de saúde em sua comunidade.

Esta fase garante que o seu plano de emergência médica não seja isolado, mas perfeitamente integrado em esforços mais amplos de preparação para emergências. O guia se torna um navegador, ajudando você a traçar rotas de evacuação, identificar instalações de saúde alternativas e estabelecer conexões com serviços de emergência. Torna-se um planeador estratégico, reconhecendo que um plano de emergência médica robusto não se trata apenas de respostas imediatas, mas também de continuidade de cuidados face a crises maiores.

## Um kit de ferramentas abrangente para resiliência em saúde

O Capítulo 6 surge como um guia abrangente para a preparação médica – um conjunto de ferramentas que transcende o conhecimento teórico para dotá-lo de competências práticas e recursos necessários para salvaguardar a saúde e o bem-estar em tempos de crise. À medida que você se aprofunda nos capítulos subsequentes, munido da sabedoria transmitida nesta exploração, você carrega consigo não apenas conhecimento teórico, mas também um kit de ferramentas médicas tangíveis e práticas para a resiliência.

Esta base estratégica torna-se mais do que um conjunto de competências e suprimentos; é uma prova do seu compromisso em construir um futuro consciente da saúde e bem preparado. Um futuro onde os primeiros socorros não sejam apenas uma resposta, mas uma medida proactiva, onde a sua farmácia seja um recurso resiliente e onde o seu plano de emergência médica seja um instrumento de precisão que o guiará através de crises de saúde com confiança e adaptabilidade. É um futuro onde a resiliência em saúde não é apenas um conceito, mas uma realidade vivida – uma jornada fortalecida em direção ao bem-estar face às incertezas.

# CAPÍTULO 7

# PREPARAÇÃO FINANCEIRA

Na intricada teia da preparação, o Capítulo 7 revela-se como um guia estratégico através do panorama económico – um domínio onde a preparação financeira se torna não apenas um conceito teórico, mas um roteiro prático para a resiliência. Este capítulo investiga os aspectos essenciais da criação de um fundo de emergência, explora as nuances das estratégias de troca e comércio e percorre o intricado caminho da salvaguarda dos activos financeiros. Torna-se uma bússola financeira, guiando-o através das complexidades da preparação económica, garantindo que a sua base fiscal não é apenas estável, mas também resiliente face às incertezas.

## Estabelecendo um Fundo de Emergência

No intrincado domínio da preparação financeira, a criação de um fundo de emergência constitui a pedra angular – uma exploração fundamental que transforma noções teóricas num activo prático e estratégico, pronto para navegar pelas complexidades da incerteza económica. Esta seção se desenvolve como um guia abrangente sobre os princípios, a mentalidade e as etapas práticas essenciais para a construção de um plano robusto de preparação financeira. Metamorfoseia-se num arquitecto financeiro, orientando-o para garantir que o seu fundo de emergência não seja apenas uma almofada financeira, mas um recurso dinâmico e estratégico preparado para resistir a tempestades económicas.

**Compreendendo a adequação de um fundo de emergência: o papel de um consultor financeiro**

A exploração começa com uma questão fundamental: o que constitui um fundo de emergência adequado? O guia se transforma perfeitamente em um consultor financeiro, solicitando que você se aprofunde em considerações como despesas mensais, fontes de renda potenciais e as facetas exclusivas do seu estilo de vida. Enfatiza a tarefa crucial de adaptar o seu fundo de emergência às especificidades das suas circunstâncias, garantindo um alinhamento personalizado que espelhe as complexidades do seu cenário financeiro.

Esta fase vai além das recomendações genéricas, reconhecendo que a adequação de um fundo de emergência é inerentemente individual. O guia se torna um conselheiro financeiro, incentivando você a realizar uma auditoria financeira introspectiva. Quais são suas despesas essenciais? Quais são suas fontes potenciais de renda durante emergências? Como seu estilo de vida influencia suas necessidades financeiras? Através destas considerações, o guia transforma-se num consultor personalizado, ajudando-o a determinar uma meta realista e personalizada para o seu fundo de emergência.

**Estratégias para construir e manter um fundo de emergência: o papel de um gestor de patrimônio**

A exploração transita perfeitamente para o domínio prático da construção e manutenção de um fundo de emergência. O guia se transforma em um gestor de patrimônio, oferecendo um repertório de estratégias para cultivar e sustentar esse ativo financeiro vital. Explora opções como poupanças automatizadas, ajustes orçamentais e a exploração de fluxos de rendimento alternativos. O guia se torna um estrategista financeiro, incentivando você a empregar consistência e disciplina como pilares para transformar o conceito de fundo de emergência de uma noção abstrata em um ativo financeiro tangível e crescente.

O conceito de poupança automatizada ganha destaque e o guia se torna um especialista em automação financeira. Ele se aprofunda no estabelecimento de processos sistemáticos que redirecionam parte de sua renda diretamente para seu fundo de emergência. Esta estratégia não só garante contribuições regulares, mas também incute disciplina nos seus hábitos financeiros, transformando o ato de poupar numa parte integrante e integrada da sua rotina financeira.

Os ajustamentos orçamentais surgem como outra faceta crucial e o guia transforma-se num consultor orçamental. Ele orienta você pelas complexidades da avaliação do seu orçamento atual, identificando áreas para economia potencial e redirecionando esses recursos para o seu fundo de emergência. Esta fase da exploração não se trata de privação, mas de otimização – um rearranjo engenhoso das suas prioridades financeiras para fortalecer a sua resiliência financeira.

Além disso, o guia incentiva a exploração de fontes de rendimento alternativas. Ele se transforma em um consultor de diversificação de renda, incentivando você a identificar habilidades ou ativos que possam gerar renda adicional durante emergências. Quer se trate de freelancer, trabalho temporário ou aproveitamento de um hobby, o guia garante que seu fundo de emergência não dependa apenas de sua fonte de renda primária, mas seja fortalecido por fluxos suplementares que aumentam sua robustez.

**Versatilidade de um Fundo de Emergência em Diferentes Cenários: O Papel de um Planejador de Cenários**

A exploração estende-se à consideração do papel dinâmico que um fundo de emergência desempenha em diversos cenários económicos. O guia torna-se num planeador de cenários, incentivando-o a prever potenciais perturbações e a forma como o seu fundo de emergência pode servir como um amortecedor resiliente contra choques financeiros. Passa de um conceito teórico para uma ferramenta financeira prática e adaptativa.

Em cenários de perda de emprego, o guia transforma-se num estrategista de emprego, enfatizando como um fundo de emergência fornece uma ponte crucial durante os períodos de transição. Cobre despesas essenciais, garantindo que você tenha flexibilidade financeira para buscar novas oportunidades sem dificuldades financeiras imediatas. O guia torna-se uma rede de segurança financeira, permitindo-lhe a liberdade de tomar decisões estratégicas de carreira sem sucumbir às pressões económicas.

Despesas inesperadas tornam-se um ponto focal e o guia evolui para um consultor de gerenciamento de despesas. Ele orienta você pelas complexidades de lidar com encargos financeiros imprevistos, garantindo que seu fundo de emergência atue como um recurso responsivo em momentos de necessidade. Quer se trate de despesas médicas, reparos domésticos ou outras demandas financeiras repentinas, o guia garante que seu fundo de emergência seja versátil o suficiente para se adaptar a circunstâncias imprevistas.

Em crises económicas, o guia torna-se um treinador de resiliência económica, enfatizando como um fundo de emergência oferece estabilidade durante tempos turbulentos. Cobre custos de vida essenciais, proporcionando uma proteção financeira que lhe permite enfrentar a tempestade sem comprometer o seu bem-estar financeiro. O guia torna-se um ativo estratégico, permitindo-lhe navegar pelas incertezas económicas com uma sensação de segurança financeira e adaptabilidade.

**Um ativo estratégico na incerteza econômica**
A exploração da criação de um fundo de emergência transforma os princípios teóricos num activo estratégico – um activo concebido para navegar nas complexidades

da incerteza económica com resiliência e adaptabilidade. O guia, tendo desempenhado as funções de consultor financeiro, gestor de fortunas, planejador de cenários e estrategista de emprego, garante que seu fundo de emergência não seja apenas uma reserva passiva, mas um recurso ativo e versátil em seu kit de ferramentas financeiras.

À medida que você leva adiante a sabedoria dessa exploração para os capítulos subsequentes, você o faz munido não apenas de conhecimento teórico, mas também de um plano tangível e prático para a resiliência financeira. Esta base estratégica torna-se mais do que uma almofada financeira; é uma prova do seu compromisso em construir um futuro bem preparado e economicamente resiliente. A jornada continua, e o guia continua sendo seu companheiro – um aliado na busca pelo bem-estar financeiro e pela preparação diante das incertezas.

## Estratégias de troca e comércio: navegando no intercâmbio econômico

No cenário dinâmico da preparação financeira, esta secção revela-se como um guia convincente, transformando-se num navegador económico para desvendar as complexidades dos sistemas de trocas económicas alternativas. Esta seção se aprofunda na arte da troca, explora estratégias comerciais diferenciadas e garante que seu plano de preparação financeira transcenda a moeda convencional, adotando abordagens econômicas versáteis.

## Compreendendo os princípios da troca: revelando a antropologia econômica

A exploração inicia-se com uma imersão nos princípios da troca, onde o guia assume o papel de um antropólogo económico. Navegando pelas raízes históricas dos sistemas de troca, lança luz sobre a sua relevância na preparação económica moderna. O guia incentiva você a mergulhar nas raízes do intercâmbio econômico, enfatizando a importância de compreender como a troca desempenhou um papel fundamental na formação das primeiras sociedades humanas.

À medida que o guia desenvolve a narrativa histórica, torna-se evidente que a troca não é apenas um conceito antiquado, mas uma estratégia económica intemporal. Sublinha o valor intrínseco dos bens e serviços, exortando-o a reavaliar as suas competências, recursos e as necessidades da sua comunidade. Esta transformação do conceito de troca de uma noção teórica para uma estratégia económica prática estabelece as bases para uma abordagem financeira resiliente e adaptável.

**Explorando estratégias comerciais: tornando-se um especialista comercial**
Indo além da simples troca, o guia evolui para um especialista em comércio, guiando você através do intrincado reino das estratégias comerciais. Enfatiza o desenvolvimento de um conjunto de competências que tenha valor numa economia baseada na troca, transcendendo as limitações da moeda tradicional. A exploração incentiva uma mudança de mentalidade – de

uma perspectiva orientada para o consumidor para uma perspectiva orientada para o produtor, onde as suas competências e serviços se tornam activos valiosos no intercâmbio económico.

O guia defende a criação de uma rede comercial – um ecossistema colaborativo onde indivíduos com competências e recursos diversos se reúnem para benefício mútuo. Esta rede torna-se não apenas um meio de intercâmbio económico, mas também um motor impulsionado pela comunidade que promove a interconectividade e a resiliência. O guia aborda considerações sobre o estabelecimento de trocas justas e equitativas, garantindo que o ecossistema comercial prospere com base em princípios de reciprocidade e sustentabilidade.

**Enfrentando desafios na troca e no comércio: solução de problemas econômicos**

Embora o conceito de troca e comércio tenha um imenso potencial, o guia reconhece potenciais desafios e transforma-se numa solução de problemas econômicos.

Aborda questões como a determinação do valor justo, o estabelecimento de confiança dentro de uma rede comercial e a navegação nas complexidades de diversos acordos de troca. Esta abordagem pragmática garante que o seu plano de preparação financeira não seja apenas teórico, mas fortalecido com estratégias práticas para superar obstáculos no intercâmbio económico.

A determinação do justo valor numa economia baseada na troca torna-se uma consideração fundamental. O guia torna-se um avaliador económico, orientando-o através de métodos de avaliação do valor de bens e serviços na ausência de uma moeda padronizada. Enfatiza a importância da comunicação e negociação transparentes para garantir que as trocas sejam equitativas e mutuamente benéficas.

O estabelecimento de confiança numa rede comercial surge como um factor crítico para o intercâmbio económico sustentável. O guia torna-se um construtor de relacionamentos, fornecendo insights sobre como promover a confiança por meio de interações consistentes e confiáveis. Explora mecanismos de responsabilização e resolução de litígios, garantindo que a base da sua rede comercial se baseia na integridade e na fiabilidade.

Navegar pelas complexidades de diversos acordos de troca torna-se um exercício estratégico. O guia se torna um estrategista econômico, incentivando você a considerar variações nos sistemas de troca e adaptar sua abordagem de acordo. Quer se trate de troca direta, trocas multipartidárias ou moedas baseadas no tempo, o guia garante que o seu plano de preparação financeira seja versátil e resiliente em diversos cenários económicos.

**Um ecossistema econômico dinâmico para resiliência**
Esta secção revela uma exploração dinâmica de estratégias de troca e comércio – uma jornada económica que transforma conceitos teóricos em ferramentas práticas para a resiliência. O guia, agora um navegador econômico, garante que o seu plano de preparação

financeira não se limita à moeda tradicional, mas abraça a versatilidade do câmbio económico.

À medida que você se aprofunda nos capítulos subsequentes, munido da sabedoria transmitida nesta exploração, você carrega consigo não apenas conhecimento teórico, mas também um kit de ferramentas tangível e prático para a resiliência econômica. Esta base estratégica torna-se mais do que uma coleção de ideias; é uma prova do seu compromisso em construir um futuro financeiramente consciente e bem preparado. Um futuro onde a troca não seja apenas um conceito histórico, mas uma estratégia económica adaptativa, onde as redes comerciais não sejam apenas construções teóricas, mas comunidades prósperas de colaboração, e onde os desafios económicos não sejam apenas obstáculos, mas oportunidades para soluções criativas – um futuro onde a sua preparação financeira transcende o comum e emerge como uma força dinâmica de resiliência num cenário económico em constante mudança. A jornada continua e o guia continua sendo seu companheiro – um aliado na busca por um futuro bem preparado e economicamente resiliente.

## Protegendo Ativos Financeiros: A Arte da Resiliência Econômica

A salvaguarda dos activos financeiros revela-se como uma exploração fundamental no domínio da preparação financeira, transformando o guia num guardião financeiro – um estrategista que o guia através das complexidades da protecção da sua riqueza em tempos de incerteza económica. Esta secção investiga os meandros da diversificação, gestão de riscos e planeamento estratégico, garantindo que os seus ativos financeiros não são apenas mercadorias, mas pilares resilientes no seu cenário económico.

## Compreendendo a importância da diversificação: o guia do gerente de portfólio

A jornada começa com um princípio fundamental: a diversificação. O guia assume o papel de um gestor de portfólio, orientando você através dos princípios de distribuição de seus investimentos financeiros por diversos ativos. Enfatiza a importância de uma carteira equilibrada e diversificada que não só acumule riqueza, mas também mitigue riscos e se adapte à natureza dinâmica das flutuações económicas.

A diversificação é mais do que apenas uma estratégia financeira; é uma filosofia de resiliência. O guia incentiva você a considerar uma combinação de ativos, desde ações e títulos até imóveis e commodities. Torna-se um artista financeiro, ajudando-o a criar uma carteira que resista às tempestades económicas, garantindo que o impacto das flutuações do mercado seja minimizado. A exploração se estende à arte sutil de cronometrar e ajustar seu portfólio para se alinhar às mudanças nos cenários econômicos.

Além disso, o guia aborda considerações sobre tolerância ao risco e objetivos financeiros, garantindo que a sua estratégia de diversificação seja adaptada às suas circunstâncias específicas. Torna-se um conselheiro, incentivando uma abordagem proativa e adaptativa na gestão dos seus investimentos. O capítulo incute a compreensão de que uma carteira diversificada não é apenas uma salvaguarda financeira, mas um instrumento dinâmico e reativo na sua jornada rumo à resiliência económica.

**Estratégias para gerenciar riscos financeiros: o papel de um analista de riscos**
O guia então transita para estratégias de gestão de riscos financeiros, adotando o manto de analista de risco. Explora considerações como cobertura de seguro, planejamento de emergência para contingências financeiras e o desenvolvimento de uma mentalidade de mitigação de riscos. Esta fase garante que o seu plano de preparação financeira não se trata apenas de acumular riqueza, mas de fortalecer a sua base económica contra riscos potenciais.

O seguro torna-se um aspecto fundamental da gestão de riscos e o guia atua como consultor de seguros. Ele navega por diversas opções de seguros, desde seguros de vida e saúde até proteção patrimonial e de renda. A exploração enfatiza a importância de alinhar a cobertura do seguro com as suas necessidades específicas e riscos potenciais, garantindo que você esteja adequadamente protegido diante de eventos imprevistos.

O planejamento de emergência para contingências financeiras torna-se o próximo foco. O guia se torna um estrategista, incentivando você a considerar cenários como perda de emprego, crises econômicas ou despesas inesperadas. Incentiva a criação de um fundo de emergência e de planos de contingência que proporcionem estabilidade financeira em tempos turbulentos. Esta seção não trata apenas de considerações teóricas; trata-se de desenvolver uma mentalidade proativa que antecipe riscos potenciais e prepare você para navegar pelas incertezas econômicas com confiança.

Além disso, o guia enfatiza o papel de uma mentalidade de mitigação de riscos nas decisões financeiras diárias. Torna-se um mentor, orientando você na avaliação dos riscos potenciais associados a diversas escolhas financeiras – desde investimentos até despesas. Esta abordagem proativa garante que a mitigação de riscos não seja apenas uma medida reativa, mas uma parte integrante do seu processo de tomada de decisão financeira.

**Planejamento Estratégico para Resiliência Financeira de Longo Prazo: A Orientação do Estrategista Financeiro**

A exploração culmina no planejamento estratégico para resiliência financeira de longo prazo, com o guia assumindo o papel de estrategista financeiro. Exorta você a considerar fatores como planejamento de aposentadoria, metas de investimento e criação de um legado financeiro. A exploração estende-se a considerações para alinhar os seus objectivos financeiros com o seu plano de preparação global, garantindo que a sua riqueza não é apenas uma medida de prosperidade, mas uma ferramenta para construir um futuro resiliente e seguro.

O planejamento da aposentadoria torna-se uma pedra angular e o guia se transforma em um consultor de aposentadoria. Ele navega por considerações como o estabelecimento de metas de aposentadoria realistas, a compreensão das opções de investimento e a exploração de estratégias para uma aposentadoria financeiramente confortável. A exploração enfatiza a importância de começar cedo, fazer escolhas de investimento informadas e reavaliar periodicamente o seu plano de reforma para se adaptar às novas circunstâncias.

As metas de investimento passam a ser o próximo foco, com o guia se tornando um consultor de investimentos. Explora vários veículos de investimento, desde ações e títulos até imóveis e contas de aposentadoria. O guia incentiva-o a alinhar as suas escolhas de investimento com os seus objetivos financeiros e tolerância ao risco, garantindo que a sua carteira de investimentos é um ativo dinâmico e em evolução que contribui para a sua resiliência financeira a longo prazo.

A criação de um legado financeiro torna-se a dimensão final do planejamento estratégico. O guia se torna um consultor legado, orientando você em considerações como planejamento patrimonial, testamentos e trustes. A exploração enfatiza a importância de deixar um legado financeiro que se alinhe aos seus valores e garanta o bem-estar das gerações futuras. Esta fase vai além da prosperidade pessoal; transforma sua jornada financeira em um legado de resiliência e capacitação.

**Uma abordagem holística à preparação económica**

Esta secção serve como um guia completo para salvaguardar activos financeiros – um capítulo que transcende conceitos teóricos para dotá-lo de competências e estratégias tangíveis necessárias para navegar no cenário económico com confiança e adaptabilidade. O guia se transforma em um guardião financeiro, guiando você pelas complexidades da diversificação, gestão de riscos e planejamento estratégico.

Ao embarcar nos capítulos subsequentes, munido da sabedoria transmitida nesta exploração, você carrega consigo não apenas conhecimento teórico, mas também um kit de ferramentas financeiras tangíveis e práticas para a resiliência. Esta base estratégica torna-se mais do que um conjunto de instrumentos financeiros; é uma prova do seu compromisso com a construção de um futuro economicamente consciente e bem preparado.

Nos próximos capítulos, o fio da preparação continua a desenrolar-se, mergulhando em diversas dimensões que, em conjunto, formam um quadro robusto para a resiliência. Desde habilidades práticas até fortaleza psicológica, cada capítulo contribui para a intrincada rede de preparação que você está tecendo – uma rede que é um testemunho de seu compromisso em construir um futuro onde as incertezas não sejam apenas enfrentadas, mas navegadas com confiança.

# CAPÍTULO 8

# AUTODEFESA E SEGURANÇA

O Capítulo 8 se desenrola como uma exploração crucial do domínio da autodefesa e da segurança, transformando o guia em um guardião vigilante – um mentor que o guia pelas complexidades da segurança pessoal, do uso responsável de armas de fogo e das medidas necessárias para proteger sua propriedade. . Esta seção investiga os aspectos diferenciados da segurança pessoal, as considerações sobre armas de fogo e opções não letais, e as estratégias para fortalecer o seu espaço de vida.

## Medidas de segurança pessoal: a arte da conscientização e da preparação

Na busca pela segurança pessoal, este capítulo se transforma em um instrutor de segurança pessoal – um mentor orientador que conduz você pelas complexidades da conscientização e da preparação. A ênfase está no cultivo de uma estrutura mental robusta, onde a consciência e as medidas proativas se tornam suas aliadas na busca pela segurança pessoal.

A jornada começa com o foco na conscientização, com o guia assumindo o papel de observador. Exorta você a elevar sua consciência diária, enfatizando que a segurança pessoal não depende apenas da força física, mas depende significativamente da acuidade mental. O capítulo se torna um farol, orientando você a reconhecer ameaças potenciais ao seu redor, seja em sua casa, no local de trabalho ou durante as atividades diárias. Ele ressalta a importância de aprimorar um senso elevado de consciência situacional, permitindo perceber e compreender os riscos potenciais antes que eles aumentem.

A preparação assume então o centro das atenções, com o guia a assumir o papel de estrategista. Torna-se um parceiro na criação do seu plano de segurança pessoal – um documento dinâmico que vai além das considerações teóricas. O guia guia você pelas complexidades da elaboração de rotas de fuga adaptadas aos seus espaços de vida e de trabalho. Enfatiza a importância de ter contactos de emergência designados e protocolos de comunicação claros, garantindo que as informações vitais chegam rapidamente às pessoas certas em momentos de necessidade.

Esta fase de preparação não se limita ao papel; é um processo dinâmico. O guia incentiva você a se envolver ativamente com seu plano de segurança, transformando-o de palavras em uma página em prontidão prática. Torna-se seu aliado na prática de exercícios situacionais, refinando suas respostas a vários cenários e promovendo uma mentalidade proativa. O guia não se limita a transmitir conhecimentos, mas também a apoiá-lo ativamente na jornada em direção à segurança pessoal, garantindo que o seu plano seja uma entidade viva e em evolução, pronta para responder eficazmente às ameaças emergentes.

A exploração se aprofunda no domínio do treinamento de autodefesa, com o guia se tornando um instrutor de artes marciais. Ele defende o empoderamento que advém do domínio de técnicas de autodefesa alinhadas com suas habilidades físicas e estilo de vida. O guia incentiva uma mudança de perspectiva – de ver a autodefesa como uma medida reativa para adotá-la como uma habilidade proativa. Torna-se um motivador, incentivando você não apenas a se proteger, mas também a capacitar outras pessoas ao seu redor com o conhecimento e as habilidades necessárias para navegar em situações potencialmente perigosas.

Este capítulo serve como um guia completo, enfatizando que a segurança pessoal é uma busca holística. É mais do que apenas força física; é uma sinergia de acuidade mental, preparação estratégica e aplicação prática de técnicas de autodefesa. À medida que você se aprofunda nos capítulos subsequentes, munido da sabedoria transmitida nesta exploração, você carrega consigo não apenas conhecimento teórico, mas um conjunto tangível e prático de medidas de segurança pessoal.

Esta base estratégica torna-se mais do que um conjunto de directrizes; é uma prova do seu compromisso em construir um futuro onde a segurança pessoal não seja apenas um objetivo, mas um modo de vida. A jornada continua e o guia continua sendo seu aliado – um mentor que apoia sua busca por um futuro bem preparado e seguro.

## Armas de fogo e opções não letais: escolhas responsáveis para segurança pessoal

A jornada no domínio da autodefesa e da segurança aprofunda as considerações sobre armas de fogo e opções não letais, transformando o guia em um conselheiro confiável – um mentor que o guia pelas complexidades das escolhas responsáveis para a segurança pessoal.

### Propriedade de armas de fogo: uma responsabilidade significativa

A exploração começa com a posse de armas de fogo no centro das atenções. O guia assume o papel de um educador sobre armas de fogo, orientando você pelos aspectos multifacetados da posse de uma arma de fogo para defesa pessoal. Ele navega pelo cenário jurídico, enfatizando a importância de compreender e cumprir os requisitos legais associados à posse de armas de fogo.

As considerações legais tornam-se uma pedra angular, e o guia se torna um consultor jurídico, incentivando você a ser bem versado nas leis locais, estaduais e federais que regem armas de fogo. Ele explora aspectos como verificação de antecedentes, períodos de espera e requisitos de licenciamento, garantindo que sua jornada para a posse de armas de fogo não seja apenas uma escolha pessoal, mas legalmente responsável.

O treinamento de segurança se torna a próxima dimensão crucial e o guia se transforma em um instrutor de segurança. Enfatiza a importância de adquirir treinamento de segurança adequado antes de possuir e usar armas de fogo. Esta exploração vai além do conhecimento teórico; trata-se de habilidades práticas que o capacitam a manusear armas de fogo com responsabilidade. O guia se torna um parceiro de treinamento, incentivando você a buscar cursos certificados, praticar o manuseio seguro e incutir uma cultura de uso responsável de armas de fogo.

Além disso, o guia explora o uso ético de armas de fogo para defesa pessoal. Torna-se um consultor de ética, orientando você nas considerações sobre quando e como usar a força letal de maneira responsável. Esta exploração vai além da legalidade do uso de armas de fogo; aprofunda as dimensões morais, enfatizando a importância do emprego de armas de fogo apenas como último recurso diante de ameaças iminentes à vida.

**Opções não letais: um kit de ferramentas abrangente para segurança pessoal**

A exploração muda então o foco para opções não letais, com o guia assumindo o papel de um especialista em armas não letais. Desdobra um conjunto abrangente de alternativas, incluindo spray de pimenta, armas paralisantes e alarmes pessoais, destacando o seu papel no reforço da segurança pessoal sem recorrer à força letal.

O spray de pimenta passa a ser um elemento de destaque e o guia se transforma em um especialista em spray de pimenta. Ele explora considerações como padrões de pulverização, alcance e legalidades, garantindo que você escolha e use o spray de pimenta de maneira eficaz. O guia se torna um conselheiro tático, orientando você em cenários onde o spray de pimenta pode ser uma resposta adequada e proporcional a uma ameaça.

As armas paralisantes ganham destaque e o guia se torna um especialista em armas paralisantes. Ele navega pelas características, eficácia e considerações legais das armas paralisantes, enfatizando seu papel como ferramentas não letais que incapacitam sem causar danos permanentes. A exploração vai além da mera posse; trata-se de compreender as aplicações práticas e as limitações das armas paralisantes na segurança pessoal.

Além disso, os alarmes pessoais tornam-se uma consideração estratégica e o guia transforma-se num consultor de segurança. Explora o uso de alarmes como dissuasores, chamando a atenção para ameaças potenciais e alertando outras pessoas sobre a sua situação. Esta seção investiga a implantação estratégica de alarmes pessoais em vários cenários, garantindo que eles se tornem ferramentas eficazes em sua estratégia geral de segurança pessoal.

**Consciência Situacional: Uma Abordagem Tática**
O capítulo se desenvolve à medida que o guia se torna um conselheiro tático, explorando o elemento crucial da consciência situacional ao transportar opções não letais. Enfatiza que a eficácia destas ferramentas não depende apenas da sua posse, mas da sua capacidade de utilizá-las estrategicamente em resposta a situações específicas.

A consciência situacional torna-se uma habilidade dinâmica e o guia torna-se um estrategista situacional. Incentiva você a cultivar um elevado senso de consciência em sua vida diária, reconhecendo ameaças potenciais e compreendendo o uso apropriado de opções não letais com base nas circunstâncias. O guia torna-se um mentor, guiando-o através de cenários onde o uso de força não letal não é apenas justificado, mas também proporcional à ameaça percebida.

Esta exploração transcende a aquisição de ferramentas; trata-se de desenvolver uma compreensão abrangente de quando e como implementar opções não letais de forma responsável. O guia torna-se um parceiro na sua jornada em direção à segurança pessoal, enfatizando que a consciência situacional não é apenas uma medida reativa, mas uma habilidade proativa que lhe permite navegar por ameaças potenciais com confiança e precisão estratégica.

**Uma abordagem holística para segurança pessoal**
Esta seção serve como um guia completo para escolhas responsáveis em termos de segurança pessoal – um capítulo que vai além da aquisição de ferramentas para equipá-lo com conhecimentos, habilidades e uma mentalidade necessária para navegar com responsabilidade pelas complexidades da autodefesa. O guia se transforma em um consultor confiável, orientando você nas dimensões legais, éticas e práticas

da propriedade de armas de fogo e na implantação estratégica de opções não letais.

À medida que você se aprofunda nos capítulos subsequentes, munido da sabedoria transmitida nesta exploração, você carrega consigo não apenas conhecimento teórico, mas um kit de ferramentas tangível e prático para uma autodefesa responsável. Esta base estratégica torna-se mais do que um conjunto de ferramentas; é uma prova do seu compromisso com a construção de um futuro seguro, resiliente e eticamente consciente – um futuro onde a segurança pessoal não é apenas um objetivo, mas uma jornada navegada com responsabilidade, consciência e segurança fortalecida.

## Protegendo sua propriedade: a arte da fortificação

À medida que a exploração culmina em estratégias para proteger sua propriedade, o guia se transforma em um consultor de segurança, conduzindo você pelas nuances da arte da fortificação. Este capítulo torna-se um modelo para a criação de um espaço de vida seguro e protegido, enfatizando a integração de medidas físicas, avanços tecnológicos e envolvimento da comunidade para uma abordagem holística à segurança patrimonial.

**Medidas de segurança física: tornando-se um guardião de propriedade**

A segurança física ocupa o centro das atenções e o guia assume o papel de guardião da propriedade. Ele explora medidas projetadas para fortalecer sua casa, criando camadas de defesa que dissuadem ameaças potenciais e fornecem um tempo de resposta crucial durante uma intrusão. Portas e janelas reforçadas tornam-se elementos fundamentais, e o guia torna-se um arquiteto, orientando você na seleção e instalação de pontos de entrada robustos que resistem às pressões externas.

A exploração se estende ao posicionamento estratégico da iluminação ativada por movimento. O guia se torna um designer de iluminação, enfatizando a importância de uma iluminação bem posicionada para dissuadir invasores e melhorar a visibilidade geral. Não se trata apenas de iluminar sua propriedade; trata-se de criar um ambiente onde qualquer atividade não autorizada seja imediatamente destacada, atuando como um sistema dissuasor e de alerta precoce.

Os pontos de entrada seguros tornam-se uma consideração crítica e o guia torna-se um estrategista de segurança. Ele explora opções como sistemas de controle de acesso, fechaduras inteligentes e portas de segurança, transformando suas entradas em postos de controle fortificados. Esta fase enfatiza a importância de restringir o acesso e garantir que sua propriedade permaneça impenetrável sem entrada autorizada.

Além disso, o guia investiga considerações de paisagismo como parte da segurança física. Torna-se um arquitecto paisagista, guiando-o através da colocação estratégica de barreiras naturais, como arbustos e arbustos espinhosos, para impedir o acesso não autorizado. A exploração estende-se à manutenção de linhas de visão desimpedidas, garantindo que a sua propriedade permaneça visível, reduzindo potenciais esconderijos para intrusos.

**Tecnologia e sistemas de segurança: a integração dos avanços modernos**

O guia então muda seu foco para tecnologia e sistemas de segurança, tornando-se um consultor de tecnologia em sua busca por uma propriedade fortificada. Ele explora a integração de câmeras de vigilância, sistemas de alarme e tecnologias domésticas inteligentes, garantindo que sua estratégia de segurança não seja apenas fisicamente segura, mas também tecnologicamente avançada.

As câmeras de vigilância tornam-se os olhos do seu sistema de segurança e o guia torna-se um especialista em vigilância. Ele orienta você por considerações como posicionamento da câmera, áreas de cobertura e seleção de câmeras com recursos como visão noturna e detecção de movimento. A exploração enfatiza o papel das câmeras não apenas como dissuasores, mas como ferramentas cruciais para monitorar e documentar atividades em torno de sua propriedade.

Os sistemas de alarme tornam-se a próxima dimensão, com o guia tornando-se um especialista em alarmes. Ele explora opções como alarmes de intrusão, sensores de janelas e portas e alertas sonoros. A exploração enfatiza a importância da notificação rápida em caso de violação, permitindo uma resposta oportuna e potencialmente dissuadindo intrusos.

As tecnologias de casa inteligente tornam-se parte integrante da discussão, com o guia se tornando um integrador de casa inteligente. Explora os benefícios de sistemas que permitem monitoramento e controle remoto de dispositivos de segurança, criando uma rede contínua e interconectada. A exploração estende-se à integração de fechaduras inteligentes, garantindo que pode controlar o acesso à sua propriedade a partir de qualquer lugar, acrescentando uma camada adicional de controlo e segurança.

**Envolvimento comunitário: defendendo a segurança coletiva**

A dimensão final da segurança patrimonial envolve o envolvimento da comunidade, com o guia tornando-se um defensor da segurança comunitária. Explora os benefícios dos programas de vigilância da vizinhança, das redes de comunicação comunitária e das medidas de segurança colaborativas, promovendo um sentido de responsabilidade colectiva pela segurança.

Os programas de vigilância de bairro tornam-se uma iniciativa comunitária e o guia torna-se um defensor do seu estabelecimento. Explora os benefícios da participação ativa dos residentes na monitorização e denúncia de atividades suspeitas, criando uma rede de olhares vigilantes. A exploração enfatiza a importância da coesão comunitária, onde os vizinhos colaboram para melhorar a segurança geral.

As redes de comunicação comunitária passam a ser o próximo foco, com o guia se tornando um coordenador de comunicação. Explora os benefícios de estabelecer canais para compartilhar informações relacionadas a questões de segurança, emergências e atualizações da comunidade. A exploração se estende ao uso de mídias sociais, aplicativos ou outras plataformas que facilitam a comunicação em tempo real, criando uma comunidade responsiva e conectada.

As medidas de segurança colaborativas tornam-se a consideração final, com o guia tornando-se um estrategista colaborativo. Explora os benefícios do trabalho conjunto dos vizinhos para implementar medidas de segurança partilhadas, tais como a coordenação de patrulhas, a partilha de imagens de vigilância ou o investimento colectivo em melhorias de segurança na vizinhança. A exploração enfatiza que uma abordagem colectiva à segurança não só fortalece as propriedades individuais, mas contribui para a segurança global e a resiliência da comunidade.

**Uma abordagem holística para autodefesa e segurança**

Portanto, esta seção serve como um guia completo para proteger sua propriedade – um capítulo que transcende conceitos teóricos para equipá-lo com habilidades e estratégias tangíveis necessárias para navegar no complexo cenário da segurança patrimonial. O guia se transforma em um consultor de segurança, guiando você pelas complexidades da fortificação física, integração tecnológica e envolvimento da comunidade.

Ao embarcar nos capítulos subsequentes, munido da sabedoria transmitida nesta exploração, você carrega consigo não apenas conhecimento teórico, mas também um kit de ferramentas tangível e prático para proteger sua propriedade. Esta base estratégica torna-se mais do que um conjunto de medidas; é uma prova do seu compromisso em construir um futuro seguro e resiliente.

Nos próximos capítulos, o fio da preparação continua a desenrolar-se, mergulhando em diversas dimensões que, em conjunto, formam um quadro robusto para a resiliência. Desde habilidades práticas até fortaleza psicológica, cada capítulo contribui para a intrincada rede de preparação que você está tecendo – uma rede que é um testemunho do seu compromisso em construir um futuro onde as incertezas não sejam apenas enfrentadas, mas navegadas com confiança, adaptabilidade e capacitação. segurança.

# CAPÍTULO 9

# PRÁTICAS DE VIDA SUSTENTÁVEIS: CULTIVAR A RESILIÊNCIA

Na exploração de práticas de vida sustentáveis, o Capítulo 9 torna-se um guia não apenas para sobreviver, mas também para prosperar em harmonia com o meio ambiente. Ele se transforma em um administrador de uma vida ecologicamente consciente, investigando soluções de energia fora da rede, coleta e conservação de água e a jornada fortalecedora de cultivar seus próprios alimentos. Este capítulo desvenda a tapeçaria da sustentabilidade – uma tapeçaria tecida com fios de autossuficiência, consciência ambiental e um compromisso de fomentar a resiliência.

## Soluções de energia fora da rede

A busca por uma vida sustentável abre seu primeiro capítulo com um foco profundo em soluções energéticas fora da rede, um domínio onde o guia adota o manto de um pioneiro em energia. Esta exploração navega pela paisagem de energia renovável e autossuficiente, mergulhando você nas possibilidades de aproveitar os dons da natureza para iluminar seu caminho em direção à independência.

**Energia Solar: Uma Revolução Radiante**
À medida que o guia se transforma num estrategista solar, ele investiga os princípios cativantes da energia solar – uma revolução radiante que transforma a luz solar em eletricidade. A exploração desenrola-se como uma viagem através dos meandros dos painéis solares, aqueles dispositivos notáveis que captam a energia do sol e a convertem numa fonte de energia limpa e sustentável.

O guia se torna seu mentor solar, orientando você no processo de seleção e instalação de painéis solares adaptados às suas necessidades energéticas exclusivas. Ele explora considerações como eficiência do painel, otimização do posicionamento e integração de inversores solares para converter a energia capturada em uma forma utilizável. Esta odisseia solar enfatiza a importância de compreender os seus padrões de consumo de energia para projetar um sistema solar que se alinhe perfeitamente com o seu estilo de vida.

**Energia Eólica: Aproveitando a Brisa**

A exploração de soluções energéticas fora da rede avança para a próxima fronteira – o domínio da energia eólica. O guia, agora um defensor da energia eólica, apresenta a arte de aproveitar a brisa como uma fonte de energia limpa e sustentável. Ele navega pelos princípios das turbinas eólicas, aqueles gigantes elegantes que giram graciosamente para converter energia cinética em energia elétrica.

Como defensor da energia eólica, o guia destaca factores cruciais para o sucesso, tais como considerações sobre a velocidade do vento, tamanho ideal da turbina e locais adequados para instalação. Ele se torna o seu sussurro do vento, guiando você através de avaliações do local para identificar áreas com condições de vento consistentes e favoráveis. A exploração ressalta a importância de compreender o clima e a topografia locais para maximizar a eficiência das soluções de energia eólica.

**Explorando caminhos alternativos: micro-hídrica e bioenergia**

Além da energia solar e eólica, o guia se transforma em um consultor de energia, guiando você por caminhos alternativos de energia fora da rede. Os sistemas micro-hídricos tornam-se uma perspectiva fascinante, utilizando o poder da água corrente para gerar eletricidade. O guia aprofunda considerações como fluxo de água, seleção do local e projeto de microturbinas hidrelétricas, fornecendo informações sobre a viabilidade dessa solução hidrelétrica.

A bioenergia derivada de resíduos orgânicos surge como outra opção cativante. O guia torna-se um navegador da bioenergia, explorando a transformação da biomassa em energia através de processos como a digestão anaeróbica ou a gaseificação. Ele navega por considerações como tipos de resíduos, eficiência do sistema e integração da bioenergia em sua estratégia geral de energia fora da rede.

**Integrando soluções de armazenamento de energia: garantindo confiabilidade**

A exploração estende-se ao aspecto vital das soluções de armazenamento de energia, à medida que o guia se transforma num defensor da fiabilidade. Ele navega pela integração de baterias, garantindo um fornecimento de energia contínuo e confiável mesmo quando o sol se põe e o vento sussurra com menos fervor. O guia se torna seu companheiro de armazenamento de energia, orientando você nas considerações sobre capacidade, tipos e manutenção da bateria para criar um ecossistema energético resiliente e autossuficiente.

Esta seção se desenvolve como uma jornada esclarecedora pelos domínios das soluções de energia fora da rede. O guia, em diversas funções – de estrategista solar a defensor da energia eólica e consultor de energia – equipa você com o conhecimento e os insights necessários para embarcar em um caminho em direção à independência energética. À medida que você se aprofunda nos capítulos subsequentes, munido da sabedoria transmitida nesta exploração, você carrega consigo não apenas conhecimento teórico, mas também um kit de ferramentas tangível e prático para uma vida sustentável.

Esta base estratégica torna-se mais do que um conjunto de soluções energéticas; é uma prova do seu compromisso em construir um futuro resiliente, autossuficiente e ecologicamente consciente. Nos próximos capítulos, o fio da preparação continua a desenrolar-se, mergulhando em diversas dimensões que, em conjunto, formam um quadro robusto para a resiliência. Cada capítulo contribui para a intrincada rede de preparação que você está tecendo – uma rede que é um testemunho do seu compromisso em construir um futuro onde as incertezas não sejam apenas enfrentadas, mas navegadas com confiança, adaptabilidade e sustentabilidade fortalecida.

## Captação e Conservação de Água

Na grande orquestração de práticas de vida sustentáveis, esta seção mergulha na intrincada dança da captação e conservação da água. O guia se transforma em um administrador da água, conduzindo você pela jornada rítmica de captura, utilização e preservação desse precioso recurso em harmonia com o meio ambiente. No centro deste movimento está a captação de água da chuva, onde o guia assume o papel de condutor de chuva, orquestrando o projeto e implementação de sistemas para coletar as gotas vitais do céu.

A exploração começa com foco na captação de água da chuva, um método sustentável e ecológico que se alinha ao ritmo da natureza. O guia, agora um condutor de chuva, orienta você pelas considerações sobre sistemas de coleta de telhados, configurações de calhas e configurações de calhas. Torna-se um arquiteto da captação de água, garantindo que cada gota seja canalizada de forma eficiente para armazenamento para uso posterior.

À medida que o guia se transforma em engenheiro hídrico, ele estende a exploração ao domínio do armazenamento, filtração e distribuição. A seleção do recipiente torna-se uma consideração crucial, e o guia torna-se um especialista em armazenamento, orientando você através das opções – de barris de chuva a cisternas maiores – com base em suas necessidades de água e espaço disponível. Ele investiga as complexidades dos métodos de filtração, garantindo que a água da chuva coletada atenda aos padrões de qualidade desejados. A exploração estende-se à concepção de um sistema de distribuição que canalize eficientemente este precioso recurso por todo o seu espaço habitacional, transformando a sua casa num santuário de abundância de água.

O guia enfatiza a importância de otimizar o uso da água, tornando-se um defensor da conservação da água. Explora práticas como a coleta de água da chuva para fins específicos, como regar plantas, limpar ou até dar descarga em vasos sanitários. A exploração estende-se à adoção de tecnologias e hábitos de vida que conservam a água, transformando a sua relação com a água de uma relação de abundância para uma de gestão consciente.

Além disso, o guia navega pelo cenário da reciclagem de águas cinzas, assumindo o papel de estrategista de águas residuais. Explora o potencial de reaproveitar a água usada em atividades domésticas, como lavar roupa ou tomar banho, para irrigação ou para fins não potáveis. A exploração enfatiza os benefícios duplos de reduzir o consumo de água e enriquecer o solo com água rica em nutrientes. Torna-se um defensor de práticas sustentáveis, transformando o que antes era considerado desperdício num recurso valioso que nutre o ambiente e o seu jardim.

Esta seção se desenvolve como uma sinfonia de sustentabilidade – uma exploração que vai além dos conceitos teóricos para equipá-lo com habilidades e estratégias tangíveis necessárias para se harmonizar com o fluxo natural dos recursos hídricos. O guia torna-se um maestro na grande orquestra de captação e conservação de água, orquestrando os elementos de coleta, armazenamento, filtragem e distribuição de água da chuva. Ao mergulhar nos capítulos subsequentes, munido da sabedoria transmitida nesta exploração, você carrega consigo não apenas conhecimento teórico, mas também um kit de ferramentas tangível e prático para a sustentabilidade hídrica.

Esta base estratégica torna-se mais do que um conjunto de práticas; é uma prova do seu compromisso em construir um futuro resiliente, consciente da água e ecológico. Nos próximos capítulos, o fio da preparação continua a desenrolar-se, mergulhando em diversas dimensões que, em conjunto, formam um quadro robusto para a resiliência. Desde habilidades práticas até fortaleza psicológica, cada capítulo contribui para a intrincada rede de preparação que você está tecendo – uma rede que é um testemunho do seu compromisso em construir um futuro onde as incertezas não sejam apenas enfrentadas, mas navegadas com confiança, adaptabilidade e capacitação.

## Cultivando sua própria comida: cultivando capacitação e resiliência

O auge das práticas de vida sustentáveis se revela no esforço fortalecedor de cultivar seus próprios alimentos. Este capítulo se transforma em um mentor de jardinagem compassivo, guiando você pelas complexidades do cultivo de um jardim próspero e resiliente. Transcende o mero ato de plantar sementes; torna-se uma jornada profunda de conexão com a terra, promovendo a autossuficiência e nutrindo um sentimento de empoderamento.

A viagem começa com a seleção das culturas adequadas e o guia assume o papel de um encantador de plantas. Ele fica em sintonia com as nuances únicas do clima e das condições do solo, oferecendo insights sobre a escolha de variedades que não apenas sobrevivam, mas também prosperem em seu ambiente específico. Esta abordagem personalizada garante que o seu jardim se torne uma extensão harmoniosa do ecossistema natural, maximizando o potencial para colheitas robustas e abundantes.

A exploração estende-se aos princípios da jardinagem orgânica, com o guia evoluindo para um alquimista do solo. Ele investiga a importância fundamental da saúde do solo, orientando você em práticas como compostagem, cobertura morta e uso de fertilizantes naturais. O guia enfatiza a relação simbiótica entre solo saudável e vida vegetal vibrante, sublinhando a criação de um ecossistema sustentável no seu jardim onde os nutrientes são reciclados e reabastecidos naturalmente.

Considerações sobre irrigação com eficiência hídrica tornam-se o próximo foco, com o guia se transformando em um especialista em hidratação para suas plantações. Ele navega por técnicas como irrigação por gotejamento ou jardinagem alimentada pela chuva, garantindo que a água seja usada de maneira criteriosa e proposital para sustentar suas plantas. A exploração expande-se para a disposição estratégica do seu jardim, otimizando a exposição solar e minimizando o escoamento de água. Esta abordagem holística garante a utilização eficiente dos recursos, ao mesmo tempo que cria um ambiente onde as suas plantas florescem.

Além disso, o guia se torna um especialista em manejo de pragas, defendendo métodos naturais e ecológicos para proteger suas plantações. Explora a plantação complementar, incentivando a colocação estratégica de plantas mutuamente benéficas para deter pragas e aumentar a resiliência geral do jardim. O guia introduz o conceito de convidar insetos benéficos, criando um ecossistema equilibrado e sustentável onde os predadores naturais mantêm as ameaças potenciais sob controle.

Isto surge como um guia profundo para uma vida sustentável através do cultivo de seus próprios alimentos – um capítulo que transcende conceitos teóricos para capacitá-lo com habilidades e estratégias tangíveis necessárias para a autossuficiência. O guia torna-se um administrador da vida ecologicamente consciente, tecendo uma narrativa que conecta você com os ciclos da natureza, promove a resiliência e inspira um profundo senso de empoderamento.

Ao embarcar nos capítulos subsequentes, levando consigo a sabedoria transmitida nesta exploração, você terá dentro de si não apenas conhecimento teórico, mas também um kit de ferramentas tangível e prático para uma vida sustentável. Esta base estratégica torna-se mais do que um conjunto de práticas; é uma prova do seu compromisso em construir um futuro resiliente, autossuficiente e ecologicamente consciente.

Nos próximos capítulos, o fio da preparação continua a desenrolar-se, mergulhando em diversas dimensões que, em conjunto, formam um quadro robusto para a resiliência. Desde habilidades práticas até fortaleza psicológica, cada capítulo contribui para a intrincada rede de preparação que você está tecendo – uma rede que é um testemunho do seu compromisso em construir um futuro onde as incertezas não sejam apenas enfrentadas, mas navegadas com confiança, adaptabilidade e capacitação. sustentabilidade.

# CAPÍTULO 10

# ENGAJAMENTO COMUNITÁRIO: TECENDO O TECIDO DA RESILIÊNCIA

A essência da preparação transcende os esforços individuais à medida que nos aprofundamos no Capítulo 10, onde o foco muda da prontidão pessoal para o envolvimento comunitário. Este capítulo torna-se um guia, não apenas para construir uma comunidade de preparadores, mas também para tecer um tecido de resiliência que se estende além das fronteiras individuais. É um apelo à acção, convidando-o a explorar medidas de segurança colaborativas e a estabelecer redes de apoio mútuo que fortaleçam os laços comunitários de preparação.

## Construindo uma comunidade preparadora

A jornada para construir uma comunidade de preparadores é uma arte, semelhante ao projeto arquitetônico, onde as conexões se tornam a pedra angular da resiliência coletiva. Nesta seção, o guia se transforma em um arquiteto comunitário, guiando você meticulosamente pelas complexidades do estabelecimento de vínculos que criam uma base para a preparação compartilhada. A ênfase reside no cultivo de valores partilhados, na promoção da confiança mútua e no cultivo de um compromisso com a preparação que constitui a base de uma comunidade resiliente.

O guia defende o conceito de reuniões de preparação comunitária como um mecanismo fundamental para a conectividade. Estas reuniões servem como fóruns onde os indivíduos convergem para partilhar a sua riqueza de conhecimentos, discutir desafios e, colectivamente, definir estratégias de resposta a potenciais ameaças. O guia torna-se um defensor da comunicação aberta nestas reuniões, defendendo um ambiente onde as ideias fluam livremente e onde diversas perspectivas contribuam para o desenvolvimento de um plano robusto de preparação comunitária.

Além disso, o capítulo investiga o papel central da diversidade dentro da comunidade prepper. Aqui, o guia se torna um embaixador da inclusão, incentivando você a adotar uma variedade de habilidades, experiências e perspectivas. Uma comunidade diversificada não é apenas um conjunto de indivíduos; é um mosaico dinâmico que aprimora o conjunto de competências coletivas, garantindo adaptabilidade e criatividade diante de desafios imprevistos.

A importância de abraçar a diversidade vai além da mera demografia; abrange uma diversidade de habilidades. O guia incentiva você a considerar um espectro de conhecimentos dentro da comunidade, abrangendo desde profissionais médicos e engenheiros até agricultores e estrategistas. Um colectivo tão multifacetado garante que a comunidade esteja preparada para enfrentar um amplo espectro de desafios, promovendo a adaptabilidade e a resiliência.

Em essência, o guia torna-se um defensor da criação de uma comunidade onde indivíduos com experiências e talentos variados se unem para formar uma unidade coesa. Uma comunidade de preparadores, sob a orientação do arquiteto, emerge não apenas como um coletivo de indivíduos com ideias semelhantes, mas como uma entidade dinâmica capaz de navegar pelas complexidades de um futuro incerto com engenhosidade e força.

Ao levar os insights dessa exploração para os capítulos subsequentes, você terá dentro de si um guia tangível e prático para construir uma comunidade de preparadores. Esta base estratégica não é apenas um conceito teórico; é uma prova do seu compromisso em construir um futuro onde as incertezas sejam enfrentadas não apenas como indivíduos, mas como uma comunidade interconectada e resiliente.

## Medidas Colaborativas de Segurança: Unidade na Proteção

Na busca por medidas de segurança colaborativas, imagine o guia como um coordenador de segurança experiente, orquestrando uma sinfonia de esforços dentro da comunidade para fortalecer sua segurança. Este capítulo investiga os detalhes intrincados da promoção da unidade na salvaguarda, enfatizando que a força de uma comunidade reside na coesão dos seus esforços de segurança colectiva.

## Estabelecimento de Programas de Vigilância de Bairro

O guia, agora seu coordenador de segurança, assume o papel de arquiteto, lançando as bases para programas de vigilância de bairro. Ele navega pelos aspectos logísticos do estabelecimento desses programas, ajudando os membros da comunidade a se organizarem em grupos vigilantes dedicados a monitorar e denunciar atividades suspeitas. A ênfase está na criação de uma rede de olhos e ouvidos que contribuam coletivamente para a segurança geral da comunidade.

## Patrulhas Colaborativas

A exploração estende-se ao conceito de patrulhas colaborativas, onde os membros da comunidade se envolvem activamente na monitorização e patrulhamento de áreas designadas. O guia torna-se líder de patrulha, orientando na organização das patrulhas, na programação dos turnos e na cobertura eficiente do território da comunidade. As patrulhas colaborativas não só dissuadem ameaças potenciais, mas também promovem um sentido de responsabilidade partilhada entre os membros da comunidade.

**Compartilhando informações de segurança**

A comunicação eficaz torna-se o eixo da segurança colaborativa e o guia evolui para um estrategista de comunicação. Enfatiza o estabelecimento de canais confiáveis para o compartilhamento imediato de informações relacionadas à segurança. Quer se trate de uma plataforma de comunicação dedicada, de atualizações regulares durante reuniões comunitárias ou de um aplicativo de vigilância de bairro fácil de usar, o guia garante que informações vitais fluam perfeitamente, capacitando a comunidade a responder a ameaças emergentes em tempo real.

**Importância da Comunicação Comunitária**

O guia sublinha a importância de promover uma cultura de comunicação aberta dentro da comunidade. Defende reuniões regulares da comunidade onde atualizações, preocupações e estratégias de segurança possam ser discutidas abertamente. O guia torna-se um defensor da inclusão, garantindo que cada membro da comunidade tenha voz na definição dos esforços de segurança colectiva. Esta abordagem inclusiva fortalece o sentido de unidade e de responsabilidade partilhada entre os residentes.

**Sessões de treinamento colaborativo**

Além disso, o capítulo torna-se um facilitador de formação, incentivando os membros da comunidade a reunir os seus conhecimentos em competências essenciais. O guia prevê sessões de treinamento colaborativas onde os indivíduos compartilham seus conhecimentos em autodefesa, primeiros socorros e outras áreas relevantes. Esta troca de conhecimentos comunitários não só melhora a preparação individual, mas também cria um conjunto de competências colectivas dentro da comunidade. O guia torna-se um catalisador para a construção de uma comunidade onde cada membro contribui com pontos fortes únicos, formando coletivamente uma formidável força de resiliência.

Portanto, esta secção incorpora um guia abrangente para medidas de segurança colaborativas – um modelo para a unidade na salvaguarda. O guia, agora seu coordenador de segurança, orquestra o estabelecimento de programas de vigilância de bairro, patrulhas colaborativas e canais de comunicação eficazes. Enfatiza a importância do diálogo aberto dentro da comunidade e incentiva a partilha de conhecimentos através de sessões de formação colaborativas.

Ao levar a sabedoria transmitida nesta exploração para os capítulos subsequentes, você manterá dentro de si não apenas o conhecimento teórico, mas também um guia tangível e prático para promover a unidade na salvaguarda. Esta base estratégica torna-se mais do que um conjunto de instruções; é uma prova do seu compromisso em construir um futuro onde as incertezas sejam navegadas com a força de uma comunidade unida e resiliente.

## Redes de Apoio Mútuo: Fortalecendo o Tecido Social

O culminar do envolvimento comunitário no Capítulo 10 leva-nos ao conceito vital de Redes de Apoio Mútuo. O guia, agora um tecelão de redes, orienta você de maneira intrincada através do processo de criação de conexões que formam a espinha dorsal do apoio comunitário. Defende a criação de grupos de apoio dentro da comunidade, enfatizando o profundo impacto dos recursos partilhados, do apoio emocional e da assistência colaborativa em tempos de crise.

O primeiro pilar desta exploração envolve a formação de grupos de apoio. O guia transforma-se num facilitador comunitário, incentivando o desenvolvimento de pequenos grupos interligados dentro da comunidade.

Estes grupos de apoio servem como uma tábua de salvação durante tempos difíceis, proporcionando um espaço para os indivíduos partilharem as suas preocupações, expressarem as suas emoções e apoiarem-se uns nos outros. O guia torna-se um defensor da comunicação aberta dentro destes grupos, promovendo um ambiente onde os membros da comunidade se sintam ouvidos, compreendidos e ligados.

O apoio emocional ocupa um lugar central nesses grupos de apoio. O guia investiga a importância de promover a empatia, a compaixão e a escuta ativa. Torna-se um conselheiro, oferecendo orientação sobre como os membros da comunidade podem enfrentar os desafios emocionais que podem surgir durante as crises. A exploração enfatiza o poder da resiliência emocional colectiva, onde a força partilhada da comunidade se torna uma fonte de conforto e estabilidade.

Além disso, o guia alarga o seu foco à partilha de recursos dentro da comunidade. Transforma-se num coordenador de recursos, defendendo a criação de reservas partilhadas, hortas comunitárias e esforços cooperativos. Esta abordagem partilhada não só optimiza os recursos, mas também promove um sentido de interdependência dentro da comunidade. O guia defende o planeamento estratégico, garantindo que os recursos colectivos da comunidade sejam diversificados, sustentáveis e capazes de satisfazer as diversas necessidades dos seus membros.

O conceito de hortas comunitárias torna-se um aspecto central da partilha de recursos. O guia torna-se um mentor de jardinagem, orientando os membros da comunidade através do estabelecimento de hortas que não só fornecem produtos frescos e de origem local, mas também promovem um sentido de responsabilidade partilhada. A exploração enfatiza o potencial para esforços comunitários no plantio, cuidado e colheita, criando um espaço onde o ato de cultivar alimentos se torna um esforço colaborativo.

Portanto, este capítulo constitui um guia profundo para o envolvimento da comunidade, tecendo uma narrativa que eleva a preparação de uma busca individual para um empreendimento coletivo. O guia, agora um catalisador para criar laços de unidade, estabelecer medidas de segurança colaborativas e tecer redes de apoio mútuo, transmite não apenas conhecimento teórico, mas também um guia tangível e prático para o envolvimento da comunidade.

Ao levar essa sabedoria para os capítulos subsequentes, você guardará dentro de si mais do que uma coleção de ideias; é uma base estratégica, um testemunho do seu compromisso em construir um futuro onde as incertezas sejam navegadas não apenas como indivíduos, mas como uma comunidade resiliente e interligada. O fio da preparação continua a desenrolar-se, mergulhando em diversas dimensões que, em conjunto, formam uma estrutura robusta para a resiliência – uma rede que serve de testemunho do seu compromisso em construir um futuro onde as incertezas sejam enfrentadas e navegadas com confiança, adaptabilidade e envolvimento fortalecido da comunidade.

# CAPÍTULO 11

# TREINAMENTO E DESENVOLVIMENTO DE HABILIDADES

À medida que você se aprofunda no Capítulo 11, o guia se transforma em um mentor, guiando você pelas complexidades do treinamento e do desenvolvimento de habilidades. Este capítulo vai além do conhecimento teórico, enfatizando as habilidades tangíveis e a preparação física necessárias para navegar pelas complexidades de desafios imprevistos. Torna-se um farol, guiando você através dos domínios da aptidão física, aquisição de habilidades de sobrevivência e exercícios regulares e exercícios de treinamento que criam competência e resiliência.

## Aptidão Física para Preparadores: Construindo uma Base Robusta

Na busca pela preparação, a aptidão física surge como a pedra angular – uma base sólida que garante resiliência face aos desafios. O guia se transforma em um instrutor de fitness, orientando você através de uma exploração abrangente de princípios que visam construir um físico forte e resiliente, adaptado às demandas da preparação.

### 1. Aspectos holísticos do condicionamento físico

A jornada para a boa forma física começa com a compreensão de sua natureza holística. O guia, agora seu mentor de condicionamento físico, navega pelos quatro pilares principais do condicionamento físico: saúde cardiovascular, treinamento de força, flexibilidade e resistência. Defende uma abordagem abrangente, reconhecendo que uma integração equilibrada destes elementos cria uma base que não só é forte, mas também adaptável.

- **Saúde cardiovascular**: O guia, assumindo o papel de defensor da saúde cardíaca, enfatiza a importância dos exercícios cardiovasculares. Ele investiga atividades que elevam sua frequência cardíaca, como correr, andar de bicicleta ou nadar, explicando sua importância no aumento da resistência cardiovascular. A exploração se desenrola como instrutor de cardio, incentivando você a encontrar atividades que lhe agradam, garantindo consistência em sua rotina.

- **Treinamento de força**: Fazendo a transição para o papel de treinador de força, o guia explora os benefícios do treinamento de resistência. Ele investiga os princípios do levantamento de peso, exercícios com peso corporal ou outras formas de resistência, destacando seu papel na construção da força muscular. O guia defende a resistência progressiva, garantindo que a sua rotina de treino de força evolua para enfrentar os desafios crescentes.

- **Flexibilidade**: Tornando-se um especialista em flexibilidade, o guia navega por exercícios de alongamento. Explora alongamentos dinâmicos e estáticos, promovendo flexibilidade para aumentar a amplitude de movimento e prevenir lesões. O guia incentiva você a incorporar o alongamento em sua rotina, enfatizando seu papel na manutenção da agilidade.

- **Resistência**: Como treinador de resistência, o guia defende atividades que aumentem a resistência. Quer se trate de corrida de longa distância, caminhada ou ciclismo, a exploração se desenrola como uma sessão de treinamento de resistência. O guia sublinha a importância de aumentar gradualmente a intensidade e a duração destas atividades para aumentar a resistência geral.

## 2. Aptidão funcional: imitando atividades do mundo real

O guia se transforma em um treinador de movimento funcional, incentivando você a ir além dos exercícios convencionais e adotar o condicionamento físico funcional. Explora movimentos que imitam atividades do mundo real, garantindo que seu corpo não seja apenas forte, mas também capaz de realizar tarefas práticas. O guia torna-se um defensor de agachamentos, estocadas e outros exercícios funcionais que melhoram sua capacidade de enfrentar os desafios físicos que você pode encontrar em emergências.

A aptidão funcional, agora um kit de ferramentas prático, estende-se a atividades como carregar, levantar e mover objetos. O guia torna-se um parceiro no seu treinamento funcional, defendendo exercícios que reproduzam as demandas do dia a dia e potenciais cenários de emergência. Esta abordagem garante que a sua preparação física não se limite ao ginásio, mas se integre perfeitamente nos seus movimentos diários.

### 3. Rotinas de treino variadas: evitando a monotonia, aumentando a adesão

A monotonia pode ser um impedimento para esforços consistentes de condicionamento físico. O guia, assumindo o papel de planejador de exercícios, defende a incorporação de rotinas variadas em seu regime de condicionamento físico. Ele explora diferentes tipos de exercícios, desde treinamento intervalado de alta intensidade (HIIT) até ioga, garantindo que seus treinos permaneçam envolventes e eficazes.

O guia enfatiza a importância de encontrar atividades que você goste. Torna-se um motivador, incentivando você a explorar diversas modalidades de fitness, desde aulas em grupo até atividades ao ar livre, para manter sua rotina dinâmica e prazerosa. Ao evitar a monotonia, o guia garante que o seu compromisso com a boa forma física se torne um estilo de vida sustentável e não um esforço temporário.

## 4. Nutrição: impulsionando sua jornada de condicionamento físico

O guia transita perfeitamente para o papel de nutricionista, reconhecendo que a aptidão física não se trata apenas de exercício – é um estilo de vida holístico que abrange hábitos alimentares saudáveis. Ele navega pelas considerações dietéticas, enfatizando a importância de uma dieta balanceada que apoie seus objetivos de condicionamento físico.

A exploração se desdobra como um guia nutricional, aprofundando-se em macronutrientes e micronutrientes. O guia defende uma ingestão adequada de proteínas, carboidratos, gorduras, vitaminas e minerais, garantindo que seu corpo receba os elementos essenciais necessários para um ótimo desempenho. Torna-se um defensor da hidratação, enfatizando a importância de manter o equilíbrio hídrico adequado, principalmente durante as atividades físicas.

Além disso, o guia incentiva a atenção plena nos hábitos alimentares. Torna-se um treinador de alimentação consciente, incentivando você a estar atento ao tamanho das porções, saborear o sabor da comida e ouvir os sinais de fome e saciedade do seu corpo. O guia destaca o papel da nutrição no apoio ao seu bem-estar geral, níveis de energia e recuperação.

**5. Estilo de vida holístico: descanso e recuperação**
Reconhecendo que a aptidão física não envolve apenas esforço, o guia passa a ser um especialista em sono, enfatizando a importância do descanso e da recuperação.

Ele explora o papel do sono de qualidade na reparação muscular, na regulação hormonal e no bem-estar geral. O guia torna-se um defensor da criação de um ambiente favorável ao sono, estabelecendo padrões de sono consistentes e priorizando o descanso como um componente crucial de sua jornada de preparação física.

## Aprendendo habilidades de sobrevivência: sabedoria prática para preparação

No vasto panorama da preparação, as competências de sobrevivência emergem como a espinha dorsal da auto-suficiência e da adaptabilidade. Este capítulo transforma o guia em um mentor de sobrevivência, transmitindo não apenas conhecimento teórico, mas sabedoria prática essencial para navegar em cenários diversos e desafiadores. A exploração leva você através de uma ampla gama de habilidades, que vão desde necessidades básicas até técnicas avançadas, garantindo que você esteja bem preparado para a imprevisibilidade do ar livre.

**Fundamentos da construção de abrigos: criando refúgios no deserto**

O guia se torna um arquiteto improvisado, guiando você pelos fundamentos da construção de abrigos. Na natureza selvagem, onde a proteção contra os elementos é fundamental, o guia fornece informações sobre a construção de abrigos temporários utilizando materiais naturais. Ele navega pela seleção de locais adequados, pelos princípios de isolamento e pela arte de construir abrigos robustos, porém improvisados. Esta seção enfatiza a importância da adaptabilidade, incentivando você a utilizar o que a natureza oferece para criar refúgios de moda adaptados a diferentes ambientes.

**Dominando a fabricação de fogo: uma habilidade fundamental de sobrevivência**

À medida que a exploração continua, o guia se transforma em um instrutor de combate a incêndios. O fogo não é apenas uma fonte de calor; é uma ferramenta multifacetada em situações de sobrevivência. O guia investiga técnicas para acender chamas usando vários métodos e materiais, desde métodos de fricção primitivos até modernos iniciadores de fogo. Ele transmite sabedoria prática sobre segurança contra incêndio, seleção do local e considerações sobre combustível. O domínio da fabricação do fogo torna-se mais do que uma habilidade – torna-se um símbolo de autossuficiência e um aspecto fundamental para prosperar ao ar livre.

## Experiência em coleta de alimentos: navegando pela despensa da natureza

O guia se torna um especialista em coleta de alimentos, orientando você na identificação de plantas comestíveis, fungos e outros recursos na natureza. Ele explora a arte diferenciada de reconhecer alimentos silvestres seguros e nutritivos, enfatizando a importância da identificação precisa. A seção fornece dicas práticas sobre colheita, processamento e consumo de alimentos forrageados. Esta habilidade não só aumenta a sua auto-suficiência, mas também aprofunda a sua ligação com o ambiente natural, transformando a natureza selvagem numa vasta despensa de sustento potencial.

**Caça e Pesca: Estratégias de Sobrevivência na Natureza**

Tornando-se um guia selvagem, o mentor navega pelas complexidades da caça e da pesca. Ele transmite conhecimento sobre rastreamento, captura e colheita responsável de caça. O guia explora a seleção e o uso de ferramentas, como armadilhas e artes de pesca, enfatizando práticas éticas que se alinham aos princípios de sustentabilidade. Compreender os princípios da caça e da pesca não só fornece uma fonte direta de nutrição, mas também aprimora a sua consciência e conexão com o mundo natural.

**Abordagem Sustentável às Habilidades de Sobrevivência: Nutrindo a Harmonia com a Natureza**

Ao longo desta secção, o guia defende uma abordagem sustentável às competências de sobrevivência. Torna-se um defensor de práticas responsáveis, instando você a considerar o impacto de suas ações no meio ambiente. Seja coletando alimentos, caçando ou construindo abrigos, o guia enfatiza a importância da atenção plena e da administração. Esse espírito sustentável garante que suas habilidades de sobrevivência não apenas atendam às suas necessidades imediatas, mas também contribuam para a saúde geral dos ecossistemas com os quais você interage.

Em essência, esta seção se desenvolve como uma aula magistral de sabedoria prática para preparação. O guia, agora um mentor de sobrevivência, conduziu você através dos fundamentos da construção de abrigos, da arte de fazer fogo, da experiência em coleta de alimentos e de estratégias de caça e pesca. Ao levar adiante essa sabedoria, você estará equipado não apenas com o conhecimento, mas também com as habilidades práticas necessárias para prosperar no deserto. Esta base estratégica torna-se mais do que um conjunto de competências; é uma prova do seu compromisso em construir um futuro onde as incertezas sejam enfrentadas com confiança, adaptabilidade e capacidade resiliente para navegar ao ar livre. A jornada continua e o guia continua sendo seu mentor – um aliado na sua busca por um futuro bem preparado e resiliente.

## Exercícios regulares e exercícios de treinamento: Forjando a preparação por meio da repetição

Na busca pela resiliência, o guia se transforma em sargento instrutor, defendendo a importância crítica de exercícios regulares e exercícios de treinamento. Este capítulo é uma prova da crença de que a preparação não é um esforço único, mas um compromisso contínuo, exigindo treinamento consistente para garantir que suas habilidades evoluam e permaneçam eficazes em cenários dinâmicos.

O guia se torna um planejador de cenários, guiando você pelo mundo das emergências simuladas. Sublinha o valor da criação de diversos cenários, cada um cuidadosamente concebido para imitar potenciais situações de crise. Esses cenários servem como cadinhos, promovendo um ambiente onde você pode aplicar suas habilidades em um ambiente controlado antes de enfrentar desafios do mundo real. O guia, agora estrategista, garante que seus exercícios de treinamento não sejam estáticos, mas dinâmicos, evoluindo junto com o cenário em constante mudança de ameaças potenciais.

Os exercícios baseados em cenários envolvem você na aplicação prática de suas habilidades de preparação. De simulações de evacuação em caso de incêndio a emergências médicas, o guia se torna um orquestrador, incentivando você a imaginar e navegar por um espectro de crises. A diversidade de cenários garante que você esteja preparado para lidar com uma série de desafios, aumentando sua adaptabilidade e desenvoltura.

O guia, assumindo o papel de líder de equipe, enfatiza a importância dos exercícios em grupo. Defende exercícios colaborativos que envolvam familiares, amigos ou membros da comunidade. O poder da resposta coordenada surge como uma pedra angular, onde os indivíduos se unem para enfrentar os desafios colectivamente. O guia transforma-se num defensor da preparação em toda a comunidade, reconhecendo que a experiência partilhada de exercícios regulares promove um sentido de responsabilidade e prontidão partilhadas.

Os exercícios em grupo vão além do desenvolvimento de habilidades individuais; eles cultivam uma cultura de apoio mútuo e colaboração. O guia, agora um organizador comunitário, incentiva o estabelecimento de mecanismos de resposta coletiva. Quer se trate de um grupo de vigilância de bairro ou de uma equipa comunitária de resposta a emergências, o guia sublinha a força derivada de uma comunidade unida que trabalha em conjunto face à adversidade.

Este capítulo é um guia completo para treinamento e desenvolvimento de habilidades – um capítulo que vai além da teoria para equipá-lo com habilidades tangíveis e uma mentalidade forjada através da repetição. O guia, agora um mentor, conduz você pelas complexidades da preparação física, aquisição de habilidades de sobrevivência e exercícios regulares que moldam a competência e a resiliência.

À medida que você leva adiante essa sabedoria, você mantém dentro de si não apenas conhecimento teórico, mas também um kit de ferramentas tangível e prático para treinamento e desenvolvimento de habilidades. Esta base estratégica é mais do que uma coleção de exercícios; é uma prova do seu compromisso em construir um futuro onde as incertezas não sejam apenas enfrentadas, mas navegadas com confiança, adaptabilidade e competência fortalecida. A jornada continua e o guia continua sendo seu companheiro – um aliado na busca por um futuro bem preparado e resiliente.

# CAPÍTULO 12

# NAVEGANDO EM SITUAÇÕES DE CRISE

À medida que o guia avança para o capítulo final, ele assume o papel de um navegador experiente, fornecendo insights sobre como lidar com situações de crise. Esta exploração final não é apenas o culminar da preparação, mas um guia para a tomada de decisões em situações de elevado stress, adaptação a desafios imprevistos e à fase crucial de recuperação e reconstrução pós-crise.

**Tomada de decisões em situações de alto estresse: o cadinho da liderança**

No cadinho de uma crise, onde reina o caos e abundam as incertezas, a tomada de decisões permanece como a força crítica que molda a trajetória da sua resposta. O guia, agora um estrategista de decisão, investiga as complexidades de fazer julgamentos sólidos sob a intensa pressão de situações de alto estresse, reconhecendo isso como o eixo da liderança eficaz em crises.

## Compreendendo a dinâmica do estresse: um pré-requisito para decisões eficazes

A exploração começa com uma compreensão profunda dos efeitos psicológicos e fisiológicos do estresse na tomada de decisões. O guia, assumindo o papel de um especialista em gestão de estresse, ilumina a intrincada interação entre estresse e função cognitiva. Defende técnicas proactivas de gestão do stress, reconhecendo que é fundamental manter a clareza e o foco durante momentos críticos. A tríade de manter a calma, o foco e a adaptação surge como a pedra angular da tomada de decisões eficaz no ambiente tumultuado de uma crise.

## Navegando na Estrutura de Decisão: Modelo para Escolhas Eficazes

Além disso, o guia torna-se um arquitecto de decisões, navegando através de quadros de decisão essenciais para fazer escolhas eficazes. Exorta você a considerar vários fatores, incluindo prioridades, riscos e resultados potenciais. A exploração enfatiza a importância de alinhar as decisões com os princípios gerais do seu plano de preparação. Este alinhamento estratégico torna-se a bússola que o guia através das águas turbulentas da crise, garantindo que as decisões não sejam arbitrárias, mas profundamente enraizadas na sabedoria fundamental dos seus esforços de preparação.

**Tomada de decisão colaborativa: aproveitando a sabedoria coletiva**

Reconhecendo as limitações das perspectivas individuais, o guia transforma-se num defensor da tomada de decisões colaborativa. Ele ressalta o valor de reunir diversos pontos de vista, habilidades e conhecimentos em sua rede de apoio em tempos de crise. Esta mudança no sentido da tomada de decisões colectiva torna-se uma estratégia poderosa para lidar com a complexidade e a imprevisibilidade inerentes às situações de elevado stress. O guia incentiva você a aproveitar os pontos fortes das pessoas ao seu redor, transformando o processo de tomada de decisão em um esforço compartilhado.

**Adaptabilidade Iterativa: Uma Abordagem Resiliente para a Tomada de Decisões**

A exploração também destaca a natureza iterativa da tomada de decisões durante uma crise. O guia, agora um coach de resiliência, defende uma abordagem ágil que reconheça a natureza dinâmica das emergências. Em vez de aderir rigidamente às decisões iniciais, incentiva uma mentalidade de adaptabilidade e a capacidade de recalibrar estratégias com base na evolução das circunstâncias. Esta adaptabilidade iterativa não é um sinal de indecisão, mas uma força que lhe permite responder eficazmente à medida que a crise se desenrola.

Em essência, os insights do guia sobre a tomada de decisões durante situações de alto estresse vão além da busca pela perfeição. Em vez disso, defende uma mentalidade centrada na adaptabilidade, na resiliência e na capacidade de fazer escolhas informadas face à adversidade. À medida que o cadinho de uma crise testa a sua coragem, o guia funciona como um farol, iluminando o caminho para uma tomada de decisão eficaz – um caminho forjado através da preparação, resiliência e um espírito colaborativo que transcende os desafios do momento.

## Adaptando-se a desafios imprevistos: a dança da resiliência

Na dança da resiliência, onde a adaptabilidade assume a liderança, o guia transforma-se num instrutor de dança, guiando-o através dos intrincados passos de navegação em desafios imprevistos. A resiliência torna-se o ritmo que orienta os seus movimentos – uma dança entre a preparação e a adaptabilidade, onde a capacidade de girar graciosamente em resposta a mudanças inesperadas é tão crucial quanto os passos dados em antecipação.

### Abraçando o Imprevisível: Uma Estratégia de Flexibilidade

A exploração começa com um reconhecimento profundo da natureza imprevisível das crises. O guia assume o papel de um estrategista de flexibilidade, incentivando você não apenas a aceitar o cenário em constante mudança, mas também a abraçá-lo. O conceito de fluidez torna-se central, incentivando-o a ver os desafios não como barreiras rígidas, mas como oportunidades dinâmicas de crescimento.

Nesta dança, a agilidade mental torna-se uma habilidade fundamental. O guia defende uma mentalidade que acolhe a mudança e está preparada para se adaptar a circunstâncias imprevistas. Torna-se um ginasta mental, guiando-o através de exercícios que promovem a flexibilidade cognitiva necessária para navegar pelas reviravoltas de uma crise. A exploração enfatiza a importância de se manter à frente da curva da crise, desenvolvendo uma mentalidade antecipatória.

**Inovação e desenvoltura: dançando além das convenções**
À medida que a dança se desenrola, o guia transforma-se num defensor da resolução criativa de problemas. Ele navega pelo reino da inovação e da desenvoltura, incentivando você a pensar além das soluções convencionais. Nesta coreografia, a adaptabilidade torna-se uma arte – uma arte que envolve identificar

caminhos pouco ortodoxos, reaproveitar recursos e orquestrar soluções que podem não ter sido inicialmente aparentes.

A exploração se estende ao conceito de criatividade colaborativa, onde o guia se transforma em um maestro orquestrando as diversas habilidades dentro de sua comunidade ou rede de apoio. Nesta dança colaborativa, os desafios deixam de ser fardos solitários; eles se tornam oportunidades para a resolução coletiva de problemas. O guia torna-se um facilitador, incentivando você a aproveitar os pontos fortes e as perspectivas únicas das pessoas ao seu redor, criando uma sinfonia de resiliência diante do inesperado.

**Navegando na Turbulência Emocional: A Dança da Resiliência Emocional**

Na dança da resiliência, a resiliência emocional ocupa o centro das atenções. O guia torna-se um treinador de inteligência emocional, fornecendo estratégias para lidar com o estresse, a ansiedade e o desgaste emocional de situações de crise. Esta exploração investiga as nuances do cultivo da força emocional – uma qualidade que lhe permite não apenas resistir à tempestade, mas também emergir mais forte de sua turbulência emocional.

O guia enfatiza técnicas de atenção plena, práticas de redução do estresse e estratégias de regulação emocional. Torna-se um companheiro, orientando-o através de exercícios que promovem o autoconhecimento e o equilíbrio emocional. A dança da resiliência emocional envolve reconhecer as emoções, processá-las de forma construtiva e canalizá-las para ações adaptativas. Essa coreografia emocional garante que você permaneça centrado em meio ao caos, tomando decisões com clareza, em vez de emoção reativa.

**Oportunidades na adversidade: uma mentalidade transformadora**

Na dança da resiliência, o guia serve como um lembrete de que a preparação não consiste em prever todos os elementos de uma crise, mas em construir a capacidade de adaptação e de prosperar no meio da incerteza. Os desafios não são vistos como obstáculos intransponíveis, mas como oportunidades de crescimento pessoal e coletivo. O guia se torna um escultor de mentalidade, transformando sua percepção da adversidade em uma força transformadora.

Portanto, a dança da resiliência se desdobra como uma interação contínua entre preparação e adaptabilidade, onde o guia atua como instrutor, mentor e parceiro. Ao transportar a sabedoria transmitida nesta exploração, você estará equipado não apenas com conhecimento teórico, mas também com habilidades tangíveis para navegar no terreno imprevisível das crises com graça, determinação e resiliência fortalecida. Esta base estratégica torna-se mais do que uma coreografia; é uma prova do seu compromisso em construir um futuro onde as incertezas sejam enfrentadas não com medo, mas com a dança confiante da resiliência.

## Recuperação e reconstrução pós-crise: a ascensão da Fênix

À medida que o guia se aproxima da dimensão final desta jornada, ele se transforma em uma fênix, guiando você através do processo transformador de recuperação e reconstrução pós-crise. Reconhece que a resiliência vai além da sobrevivência – abrange a capacidade de ressurgir das cinzas, mais forte e mais capacitado do que antes.

A exploração começa com o reconhecimento do custo emocional e físico de uma crise. O guia torna-se um treinador de recuperação, fornecendo estratégias para lidar com o trauma, a dor e as emoções complexas que acompanham o rescaldo de uma crise. Enfatiza a importância de procurar apoio, seja de amigos, familiares ou conselheiros profissionais, como parte integrante do processo de recuperação.

Além disso, o guia navega pelas complexidades da reconstrução. Transforma-se num arquitecto de renovação, guiando-o através da reconstrução de paisagens físicas e emocionais. A exploração se estende a considerações sobre a reconstrução de sua casa, comunidade e bem-estar pessoal. Defende uma abordagem paciente e deliberada, reconhecendo que a cura é um processo gradual que requer tempo e resiliência.

## Lidando com a turbulência emocional: o papel de um treinador de recuperação

Após uma crise, o cenário emocional é frequentemente caracterizado por trauma, tristeza e uma infinidade de emoções complexas. O guia, agora coach de recuperação, oferece estratégias para lidar com essa turbulência emocional. Torna-se um companheiro no processo de navegação no delicado terreno das emoções pós-crise.

O guia incentiva a comunicação aberta sobre sentimentos e experiências, tanto individualmente como dentro da comunidade. Torna-se um ouvinte, reconhecendo que expressar emoções é um aspecto crucial do processo de cura. A exploração investiga o poder de procurar apoio profissional, reconhecendo que conselheiros treinados podem fornecer orientação e ferramentas para navegar eficazmente nas consequências emocionais de uma crise.

**O Arquiteto da Renovação: Reconstruindo Casas e Comunidades**

À medida que o guia se transforma num arquitecto de renovação, guia-o através do processo de reconstrução de casas e comunidades. As consequências físicas de uma crise exigem frequentemente reparações estruturais, reconstrução e restauração de serviços essenciais. O guia se torna um planejador, ajudando você a traçar um caminho para a reconstrução que seja prático e resiliente.

A exploração se estende a considerações de reconstrução da comunidade. O guia torna-se um defensor dos esforços colaborativos, exortando os membros da comunidade a unirem-se em solidariedade. Enfatiza a importância dos recursos partilhados, das redes de apoio e de um compromisso colectivo para reconstruir comunidades mais fortes e resilientes.

## O Visionário: Crescimento Pós-Traumático e Transformação Positiva

O guia, agora um visionário, exorta você a encarar a recuperação pós-crise como uma oportunidade para uma transformação positiva. Explora o conceito de "crescimento pós-traumático", onde indivíduos e comunidades emergem de uma crise com novas forças, sabedoria e uma apreciação mais profunda da vida.

A exploração incentiva práticas reflexivas, permitindo que os indivíduos extraiam lições da experiência da crise. O guia se torna um mentor, guiando você através do processo de canalização da sabedoria adquirida para a criação de um futuro mais resiliente e fortalecido. Enfatiza que as crises, embora sem dúvida desafiadoras, podem servir como catalisadores para o crescimento pessoal e coletivo.

## Uma tapeçaria abrangente de resiliência: navegando em situações de crise

Este capítulo resume a essência da navegação em situações de crise – uma jornada que transcende o cenário teórico para equipá-lo com habilidades tangíveis e uma mentalidade resiliente. O guia, agora mentor e companheiro, conduz você pelas nuances da tomada de decisões em situações de alto estresse, pela adaptação a desafios imprevistos e pelo processo transformador de recuperação e reconstrução pós-crise.

Ao levar a sabedoria transmitida nesta exploração final para os capítulos subsequentes, você terá dentro de si não apenas conhecimento teórico, mas também um guia tangível e prático para navegar em situações de crise. Esta base estratégica torna-se mais do que uma coleção de princípios; é uma prova do seu compromisso em construir um futuro onde as incertezas não sejam apenas enfrentadas, mas navegadas com confiança, adaptabilidade e resiliência fortalecida.

**O fim da jornada: uma reflexão sobre resiliência**

A jornada, que começou com preparação mental, mentalidades de sobrevivência e resiliência psicológica, atingiu agora o seu ponto culminante – uma exploração abrangente das dimensões multifacetadas da preparação. Desde planos de emergência e armazenamento de itens essenciais até autodefesa, práticas de vida sustentáveis, envolvimento comunitário e desenvolvimento de habilidades, cada capítulo contribuiu para a intrincada rede de resiliência que você está tecendo.

Nos capítulos que se desenrolaram, o guia transformou-se – um estrategista, um mentor, um guardião e um visionário. Ao embarcar no caminho de navegar em situações de crise, você carrega dentro de você a sabedoria coletiva dessas transformações. Você não é apenas um preparador; você é um navegador equipado com as ferramentas, habilidades e mentalidade necessárias para navegar pelas complexidades das incertezas da vida.

À medida que a voz do guia se desvanece nos ecos do final da viagem, deixa-o com uma reflexão sobre resiliência – uma qualidade que vai além da mera sobrevivência. A resiliência é a arte não só de enfrentar desafios, mas também de recuperar mais forte, de se adaptar ao inesperado e de abrir um caminho de renovação e crescimento.

A jornada continua além destas páginas, à medida que você navega pelos capítulos de sua própria vida, com a sabedoria do guia ecoando em suas decisões, ações e na resiliência que você traz a cada momento. É uma jornada que se estende além do panorama teórico da preparação para a realidade tangível de um futuro bem preparado e resiliente.

Milton Keynes UK
Ingram Content Group UK Ltd.
UKHW010028090224
437518UK00012B/1013